hakata tonkotsu ramens

博多豚骨ラーメンズ11

木崎ちあき

イラスト／一色 箱

「いや、よかよ」
「悪いな、急に呼び出して」
&
Banba

博多豚骨ラーメンズ 11

HAKATA TONKOTSU RAMENS

始球式

「――重松さんって、どうして刑事になったんですか？」

後輩の畑中が唐突に妙なことを言い出した。行きつけの定食屋のカウンター席に並んで座り、昼飯を食べているときのことだった。

畑中は口を大きく開けて唐揚げ定食の白飯（大盛）を掻き込み、もぐもぐと咀嚼しながら重松の答えを待っている。まだ米を飲み込みきっていないうちに、口の中に唐揚げをひとつ追加した。

よく食う奴だ。重松は感心した。胃袋が若い。彼の食いっぷりを見ているだけで腹がいっぱいになりそうだ。最近は揚げ物を受け付けなくなってきたな、と自身の消化器官を振り返り、少しだけ悲しい気分になってしまった。

畑中は四年目の若手だ。博多北警察署の刑事第一課に配属され、重松とはコンビを組んでまだ半年ほどだが、真面目で優秀、指導のし甲斐があるし、自分のことをよく慕ってくれている。重松からしても、なかなか可愛げのある後輩だった。

畑中は大きな瞳で重松をじっと見つめた。年上だろうと遠慮することなく何でも質問するのは、彼の良いところのひとつだと思う。

「どうして、って……」

言葉に詰まり、重松は手元のトレイに視線を落とした。鯖の味噌煮の他に、雑穀ご飯と味噌汁、小鉢に入った豆腐とポテトサラダ、漬物が並んでいる。胡瓜の浅漬けを摘まもうとしていた手を止めてから、

「そりゃあ、お前――」

悪い奴を捕まえたいからだ。

そう答えようとして、ふと、唇の動きが止まる。

――悪い奴って、いったい誰のことなんだろうな。

重松は心の中で自嘲した。

初めて警官の制服に袖を通した新人の頃を思い返す。あの当時は、たしかにそう考えていた。悪党を捕まえることこそが警察官の使命だ。この世から犯罪をなくし、街の治安を守ろうと燃えていた。それが警官のあるべき姿だと、若かりし頃の重松は信じて疑わなかった。

時の流れは残酷だな、と思う。この世界に長く身を置いている間に、自分はすっかり変わってしまったようだ。今では裏社会の人間と交際し、場合によっては犯罪行為を見過ごすことだってある。まるで汚職警官だ。

善なのか悪なのか、自分という存在がわからない。

刑事として胸を張れるかというと、自信はなかった。昔の自分が今の姿を見たならば、きっとがっかりするだろう。

「……どうしてだろうなぁ」

そんな曖昧な返事しか、今の重松には口にすることができなかった。畑中は「なんですか、それ」と一笑する。

「だったら、お前はどうしてだ？」

質問を返すと、後輩は照れくさそうな顔をした。「『警官の制服似合いそう』って言われたんです、妹に」

「そんな理由で警官を志したのか？　お前って奴は、まったく」

重松は呆れ顔で肩をすくめた。

畑中が「もう制服じゃなくなっちゃいましたけど」と苦笑する。重松も畑中も地味なスーツを身にまとっている。

「課長に伝えとこうか？　畑中が交番勤務に戻りたいそうです、って」

「やめてくださいよ、もう」

　この畑中という男は、二つ下の妹をずいぶんと溺愛している。彼はすでに両親を亡くしており、妹がたったひとりの家族だそうだ。可愛がる気持ちは理解できないでもなかった。

「もし妹が結婚するって言ったら、どうすんだ」重松はからかうように言った。「結婚式、大泣きだろうなぁ、お前」

「嫌です」来るかわからない未来を想像し、畑中は顔をしかめている。「嫁にはやりません」

「頑固親父（おやじ）か、お前は」

「連れてきた男がしょうもない奴だったら、ぶん殴ってやりますよ」

「傷害罪だな」

　鼻で笑い、味噌汁を啜（すす）る。

「逮捕されないように、ちゃんと妹離れしとけよ」

　そういえば、と思い出す。以前にもこんな会話をしたことがあった気がする。あれはたしか、重松がまだ巡査部長だった頃の話だ。

重松の同期の男が、この畑中と同じように妹を溺愛していた。一緒に酒を飲んでいると、必ずといっていいほど妹のことを自慢していた。俺と違って頭がいいとか、俺に似てなくて美人だとか。

妹の恋人の愚痴を延々と聞かされたこともあった。そのとき、重松はうんざりした顔で彼に言い放ったのだ。お前いい加減、妹離れしろよ——と。

酔っぱらってくだを巻く同期の顔が脳裏に蘇る。懐かしい思い出だ。あいつ、今頃どうしてるんだろうか。ちゃんとした生活を送れているんだろうか。久しく会っていない友人に思いを馳せる。

どういうわけか、今日は若い頃のことを思い出してばかりだな、と重松はひとり感傷に浸った。

「お前は妹の心配より、自分の心配しろよ。身を固めるなら早い方がいいぞ」

畑中はまだ独身だ。恋人もいないらしい。

「あ、そういうのマリハラって言うんですよ」

「馬鹿、ただのアドバイスだよ、アドバイス。この組織、独身だと転勤させられるからな。しょっちゅう職場が変わるのも嫌だろ？　結婚して家買ったら見逃してもらえるぞ」

「重松さんだって独身じゃないですか」

「俺はいいんだよ」

「何なんですか、その謎の理屈」

今は昼時で、定食屋はほぼ満席だった。ここは警察署から近いこともあり、客の大半が警察関係者だ。見たことのある顔がちらほらいる。右隣に座る男はたしか総務課の巡査部長だったか。出入り口傍の席の女性二人は交通課で、何度か話をしたことがある。店の奥に陣取っている四人組は組織犯罪対策課の課長とその部下たちだ。見事に強面が揃っている。

店の奥の壁には三十型くらいの古いテレビが設置されていて、ちょうど福岡のローカルニュース番組が流れていた。女性のアナウンサーが真剣な声色で原稿を読み上げる。

『――次のニュースです。昨夜、木造アパートで火災が発生し、焼け跡から遺体が発見されました』

漬物をぽりぽりと咀嚼しながら、重松は視線を上げた。重松と同様、その場にいた全員が『遺体』という単語に反応したようだ。揃って食事をする手を止め、テレビに釘付けになっている。

一瞬でその場が静まり返った。アナウンサーの声だけが店に響き渡る。

『場所は、福岡市中央区にある木造アパートで——』

福岡市中央区。となると管轄は中央署だ。うちじゃない。客の全員が途端に興味を失い、テレビから視線を外して食事と雑談を再開した。

『火はおよそ二時間後に消し止められましたが、火元と見られる部屋に住む岩佐智弘さんが遺体となって発見されました。警察と消防は出火の原因を——』

——イワサトモヒロ。

聞き覚えのある名前だった。

「……え」

重松は声をあげた。

「なんだって」

箸が止まる。漬物が滑り、皿の上にぽとりと落ちた。重松は勢いよく振り返り、テレビを見た。

——死亡　岩佐智弘さん（37）

岩佐智弘。テロップの文字が目に飛び込んできて、重松は愕然となった。

この名前に反応したのは重松だけではなかった。客の何人かがテレビに視線を向けている。緩んだ店の空気が再び緊迫した。

「い、岩佐……」

思わず口に出してしまった。その名前を。

隣に座っている畑中も驚いている。重松の顔を覗き込み、尋ねた。「岩佐って、もしかして、あの……？」

間違いない、あの岩佐だ。

重松は言葉を失い、ただ呆然と画面を見つめた。

1回表

「いいから、早く金出せよ」

マツイはいつものように睨みをきかせ、低い声で命じた。

相手は誰でもよかった。ただ気弱そうな雰囲気で、おとなしく言うことを聞いてくれそうな奴がたまたま目についたから、そいつを狙っただけだ。たいした理由はなかった。別にこいつじゃなくてもいい。簡単に遊ぶ金を調達できるのなら、誰だっていい。

授業中、人気のない校舎裏にその同級生を呼び出した。こちらの数は四人。逃げられないよう取り囲み、集団で殴る蹴るの暴行を加えたところ、相手はすっかり震えていた。今にも泣き出しそうな顔をしている。

別に、楽しくて虐めているわけではない。他の三人がどう思っているかは知らないが、少なくともマツイはこの行為に愉悦を覚えることはなかった。暴力を振るって楽しいと思うほど、自分は狂ってはいないと思う。できることならば、こんなことはしたくない。平和に過ごしたかった。ごく普通の友人たちと、ごく普通の高校生活を送りたかった。でも。

　――あいつに金を渡さねえと、俺たちが困るんだよ。

　早く出せ、ほら、と急かすように、腹に拳を叩き込む。げほげほと咳き込みながら同級生が蹲った。

　そのときだった。

「――なんしようと」

　不意に、男の声が聞こえた。

　マツイは暴行の手を止めた。ぎくりとする。やべえ、誰かに見られた。ここには誰も来ないと思っていたのに。教師だろうか。だったら面倒なことになる。

　焦りを覚えながら振り返ると、そこには見知らぬ男が立っていた。

　いったい誰だ、こいつ。マツイは警戒しながら男を睨みつける。

「あ？」

「うっせえ」

「誰だよ、お前」

他の三人が口々に言った。

いやマジで誰だよ、とマツイは思った。

少なくとも同級生ではないだろう。同じ二年にこんな奴はいなかったはずだ。ぼさぼさ頭の男。この学校の制服らしき学ランを着てはいるが、本当にここの生徒かどうかも怪しい。それどころか、どうにも高校生には見えなかった。歳は三十前後くらいだろう。もし彼が本当に高校生だとしたら、ざっと十年は留年していることになる。

完全に不審者だ。

「見てんじゃねえよ」

仲間のひとりが凄んだ。拳を男に向かって振り上げる。

相手を殴りつけようとしたその攻撃は、いとも簡単に躱されてしまった。すばやい動きで拳を避けると、不審者の男はすぐに反撃し、仲間の腕を摑んだ。そのまま捻り上げる。

痛え、と仲間が叫んだ。

それを合図に乱闘が始まった。友人を助けようと、残りの二人が不審者に飛び掛かる。

しかし、それも無駄なことだった。二人のうち、ひとりは腹を殴られてその場に蹲った。もうひとりは背後から男を襲おうとしたが、攻撃は受け流され、軽々と投げ飛ばされてしまった。

仲間の三人があっという間に伸される姿を目の当たりにして、マツイは完全に戦意を喪失していた。

駄目だ、敵わない。この不審者はおそらく格闘技経験者なのだろう。素人のマツイでも、その実力は一目見ただけでわかった。数で立ち向かってどうこうできる相手ではない。

「い、行こうぜ」マツイは皆に声をかけた。これ以上騒ぐと教師が来る、と言い訳のように付け加えた。

逃げ去りながら、仲間たちは「何なんだあいつ」「意味わかんねえ」と愚痴をこぼしている。プライドを傷つけられたことへの憤りと、得体の知れない相手への恐怖心で、その場にいた全員が感情を整理できないでいた。

本当に何なんだ、と思う。あいつは誰だったんだ。いったい何者なんだ。もやもやした気持ちを抱えたまま、マツイは他の面子と別れ、普段から溜まり場にしている旧体育倉庫へと向かった。

倉庫の中には同級生のタカハシとオオタがいた。二人とも、今はもう使われていない跳び箱の上に腰かけ、煙草を吹かしている。

白い煙を吐き出しながら、

「金は？」

と、タカハシが尋ねた。

まずいな、と思う。

「あ、いや、それがさ……」冷や汗が背中を伝うのを感じながら、マツイは正直に答えた。「邪魔されて、奪えなかった」

「は？」

タカハシの不機嫌そうな声に、マツイは内心震え上がった。長い前髪に隠れた両眼がこちらを睨んでいる。まともに彼の目を見ることができなかった。

「邪魔されたって、誰に？」

金髪の坊主頭を撫でながら、オオタが尋ねた。

「わ、わかんねえ」

「はあ？　どういうことよ」

「西高の奴じゃないかも」

西高——福岡西高校はその名前の通り、福岡市西区にある私立高校である。

男女共学で、特進科と普通科に分かれている。マツイらが在籍している普通科はあまり評判がよくなかった。偏差値は学区内ダントツの最下位。受験で自分の名前を書ければ合格できるだとか、暴力団の付属高校で卒業後の進路はみんなヤクザかキャバ嬢だとか、地元住民から好き勝手に揶揄されているような学校だった。

それだけ素行の悪い生徒が集まっているこの高校で、おそらく現在カーストの頂点に君臨している人物が、このタカハシだろう。黒髪で体の線が細く、一見真面目そうな容姿をしているが、こいつの中身は真っ黒だ。中学時代に暴走族に所属して幅を利かせていた連中でさえ、タカハシには頭が上がらない。彼に歯向かえる者は少なくとも、この学校の二年生の中にはいないだろう。自分も含めて。

マツイもオオタも、タカハシとは一年のときから同じクラスだった。それが縁で付き合いを続けているが、心から打ち解けている感覚は一切ない。タカハシに対し、マツイは未だに酷く気を遣ってしまう。髪を明るい茶色に染め、毎日授業をサボって不良を気取ってはいるが、所詮自分はタカハシの取り巻きに過ぎないことを思い知る。

「制服はそれっぽかったけど、高校生には見えなかった。おっさんだった」マツイは小声で言い訳した。

タカハシはしばらくマツイを睨みつけてから、

「……まあいいや」

と、不服そうに呟いた。

それ以上なにも追求されなかったことに、マツイは心底ほっとした。お咎めはないようだ。

「あーあ、最近つまんねえよなぁ」

不意にオオタが声をあげ、口を尖らせた。

「やっぱ、唯子ちゃんが辞めちゃったからかなぁ」

唯子——その名前に、マツイはどきりとした。心臓の鼓動が速くなる。嫌な汗が額に滲む。

「……その話はやめようぜ」

彼女のことは、できることならば忘れてしまいたかった。頭の中からその存在を消してしまいたかった。自分たちが彼女にしたことも、すべて。

「そんなに心配すんなって」タカハシが馬鹿にしたように笑う。「死人に口なし、って言うだろ？」

薄ら笑いを浮かべて人の死を語るその男に、マツイはこれ以上ないほどの寒気を覚えた。

ネオン看板が水面に反射し、夜の那珂川が色鮮やかに染まっている。川沿いにはまるで縁日のように屋台の明かりが灯り、飲み歩く人々を誘っている。タクシーの窓の外にはいつもの中洲の光景が広がっていた。

店の前でタクシーを降り、東海林は周囲を見渡した。尾行や張り込みの気配がないかを確認するためだ。安全を確信したところで、瓦の屋根が付いた立派な門を潜り、石畳が続くアプローチを歩いていく。

東海林が訪れたのは、中洲二丁目に店を構えている高級料亭。

この店には防犯カメラの類が一切設置されていないこともあってか、裏社会の人間が好んで利用している。店員の口も堅いと評判らしい。出迎えた着物姿の女性に案内されたのは、『梅の間』と書かれた個室だった。

約束の時間は夜の十時。今夜はこの店で会食の予定がある。東海林は十分前に到着したが、相手はすでに部屋の中で待っていた。

個室の引き戸を開けると、

「やあどうも、東海林さん」

酒焼けしたような嗄れ声で男が言った。黒のスーツを身にまとっているが、相変わらずシャツの色は派手だ。ネクタイは締めておらず、ボタンをいくつか開けて着崩している。

「いつもすみませんね、お呼び立てして」と、男は申し訳なさの欠片もない声色で言った。

「いえ、お気になさらず」

頭を下げ、東海林は座敷の個室を見渡す。床の間には掛け軸が飾られ、床板の上には個室の名前通り、梅の造花を生けた焼き物の花瓶が置かれている。壁を丸くくり抜いたような窓からは料亭の中庭が見えた。

扉のすぐ傍には男の部下らしき若者が正座している。彼はこちらを睨みつけるように見ていた。その顔を一瞥してから、東海林は向かい側の座布団に腰を下ろした。二人の間には一枚板の立派なテーブルが置かれている。

「まずは一杯、どうぞ」

と、男が促した。

「ええ、ありがとうございます」

日本酒と刺身が運ばれてきたところで、男は東海林に酒を注いだ。舐めるように少しだけ飲んでから、東海林は「そういえば」と世間話を始める。

「こないだは、違う部下を連れていましたね」

今日の部下は初めて見る顔だった。先日この男と会ったときは、別の若者を連れていたはずだ。

「前の奴は、辞めてしまいまして」

男は残念そうに肩をすくめた。東海林は「そうでしたか」と流し、詳しいことは聞かなかった。

「最近の若者は堪え性がなくて困ったものですよ」

「同感です」

笑い合い、酒を呷る。

二人の目的は、酒でも料理でもなかった。「最近どうですか、お仕事の方は」と男が本題に入る。

「まあまあ忙しいですね。監査も近いですし」

東海林は酒を注ぎ返しながら答えた。

ほう、と男が唸る。「監査、ですか」

穏やかな笑みを浮かべてはいるが、その目つきは鋭い。

相手の男の年齢は四十代、東海林とそう変わらないだろう。身長も体格もほぼ同じくらいだ。少し腹が出ていて、お互いスーツのボタンが窮屈そうだった。男は上着を脱ぎ、部下に向かって放り投げた。部下はそれを無言で受け取った。

「そうなんですよ。支社のひとつに、監査の予定がありまして」

「支社というと、あの西通りにある？」

東海林は首を左右に振った。

「いえ、そちらではなく、祇園の方の」

「なるほど。それは大変だ」

「ええ。ですから、今はその準備で忙しくて。今週の金曜までは、この忙しさが続きそうですね」

「それはお疲れ様です。さあ、どうぞ」

「ありがとうございます」

さらに酒を注ぎ合い、同時に呷る。

この男は同じゴルフ場の会員で、趣味を通じて偶然知り合い、たまにこうして会食する仲――そういう設定になっている。表向きは福岡市内の会社に勤める商社マンだが、その正体は福岡の暴力団・乃万組に属する幹部組員だ。

一方、東海林の正体もただの会社員ではなかった。博多北警察署の組織犯罪対策第一課課長の警部である。

したがって、『監査』というのは言葉通りの意味ではない。こういう会食の場で使用する、二人の間での隠語であった。

1回裏

岩佐の葬式は寂しいものだった。

会場は、福岡市郊外にある小さな葬儀場。話を聞くところによると、岩佐は両親を亡くして以降、親戚とは疎遠であったため、喪主は職場の社長が務めたそうだ。参列者は少なく、今の職場の同僚を数人見かけるくらいで、スタッフの方が数が多いかもしれない。元警察関係者とは思えない、がらんとした葬儀だった。

それもそうだろうな、と遺影の前で両手を合わせながら重松は思った。

岩佐智弘――博多北署の組織犯罪対策第一課に所属していた元警部補。そして、重松の同期だった男。

彼は去年、警察を辞めている。

おそらく現職の頃に撮られたものであろう遺影を見つめながら、重松は深いため息をついた。

——まさか、こんな形で再会することになるとはな。

なぜこんなことになってしまったのか。どうしてこのような侘しい最期を迎えることになってしまったのだろうか。やるせない思いが心に沸き上がり、重松は眉をひそめた。

不幸な事故だったという。岩佐は煙草の不始末による火事で焼死した。そう聞いている。

——だからあれほど言ったのに。煙草はやめろと。

葬儀場を出たところで、駐車場にいる喪服姿の男二人が目に入った。おそらくどこかの所轄の刑事だろう。同業者は雰囲気でわかるものだ。

車に乗り込もうとした瞬間、男たちの会話が耳に入ってきた。

「なあ、岩佐の死体、見たか？」

「いや」

二人とも、どこか面白がるような口調だった。

「黒焦げだったよ。男か女かもわからねえくらい」

「そりゃ、火葬する手間が省けたな」

笑い声が聞こえた。

その不謹慎なやり取りに、重松は強烈な苛立ちを覚えた。歯を食いしばり、拳を握る。ひと言文句を言ってやろうと思い立ったが、すぐに考え直し、渋々車に乗り込んだ。相手は同じ警察組織の人間だ。面倒事は避けた方がいい。

——いったい俺は、何に対してイラついてるのだろうか。

死者に鞭打つあの二人か。後ろ指を指されるような行いをしてしまった岩佐か。それとも、同期が人の道を踏み外そうとしていることに気付かなかった、自分自身に対してか。

複雑な心境に向き合おうと試みたが、結局答えは出なかった。

——せめてあの世で、大事な妹に会えるといいんだが。

車のエンジンをかけたまま、これからの段取りを考える。

一度、署に戻って、車を置いて。そのあとは飲みに行くか。どうせ今日は家に帰っても眠れそうになかった。後輩の畑中を誘おうかと思ったが、あまり連れ回すのもまずいだろう。今のご時世、アルハラやパワハラだと言われかねない。かといって、独りで酒を呷る気分でもなかった。

しばらく悩んだ末、重松は電話をかけた。

『——もしもし？』

　相手は友人の馬場善治。市内で探偵業を営んでいる男で、同じ草野球チーム『博多豚骨ラーメンズ』に所属するチームメイトでもある。

「おう、馬場」重松はすぐに本題に入った。「今夜、空いてるか？」

『どうかしたと？』

「いや、別に。ただちょっと飲みたくてさ」

　馬場は快諾してくれた。居酒屋の場所と時間を伝えて通話を切り、重松は職場に向かって車を走らせた。

「ミサちゃんはなに飲みたい？」

「オレンジジュース」

「じゃあ、アタシはコーヒーで」

　注文を告げると、ファミレスの店員が「かしこまりました」と笑顔で頭を下げ、立ち去った。

　ジローが店の入り口を眺めていたところ、

ている。

「やめといた方がいいんじゃない？」

と、隣に座るミサキが唐突に言った。小学生らしからぬ冷めた瞳でジローを見つめている。

「……なにが？　コーヒー？」

「この依頼」

えっ、とジローは声をあげた。そんなことを言われるとは思わなかった。

「どうして？」

「今抱えてる仕事、長引きそうなんでしょ。なのに、また新しい依頼引き受けて……ジローちゃん、最近働きすぎだよ」

「やだぁ、心配してくれてるの？」ジローは破顔し、ミサキの頭を撫でた。「ほんっと優しい子ねえ、アタシに似て」

「はいはい」

たしかにミサキの言う通り、復讐屋の仕事は難航していた。依頼人は市内在住の女性で、復讐対象は交際相手の男。男にせがまれ、依頼人は何度か金銭を渡していたそうだ。しばらく交際が続いていたが、ある日、依頼人の妊娠が判明する。困った男は彼女に中絶薬を盛り、流産させた挙句に音信不通になったという。胸糞の悪い案件だった。

　依頼人の話によると——女の勘に過ぎないが——どうやら男には他にも交際相手がいる気配だったらしい。彼についてわかっていることは二十代前半という見た目だけで、依頼人に対しては本名も住所も職場も詐称していたようだ。写真に写ることを頑なに嫌がっていたため、顔写真は一枚もない。交際中から足がつかないよう振る舞っていることからして計画的であり、常習性も見られる。

「大丈夫よ。やることといえば、対象の行方調査くらいでしょ？　最悪、手が回らなくなったら、いつもみたいに馬場探偵事務所に手伝ってもらえばいいんだし。あの二人なら尾行も張り込みも慣れてるでしょうから」

「善ちゃんも忙しいかもよ」

「だったら、斉藤ちゃんにお願いしましょう。あの子なら暇でしょ、今」

「斉藤の尾行なんて、誰でも気付くと思う」

　たしかに、と思う。

　復讐対象の男はかなり用心深いようで、なかなか尻尾を出さなかった。これは時間がかかりそうな案件だな、とジローが頭を悩ませていたところで、復讐屋に新たな依頼が舞い込んできた。殺された息子の復讐をしたい、とのことだった。

息子、娘、子ども——そういうワードに弱い自覚はある。自分も同じく、子を持つ親だからだろう。どうしても私情を挟んでしまい、依頼を断り切れなかったのだ。引き受けたからにはやるしかない。

「そろそろ時間ね」

と、ジローは腕時計を一瞥した。新たな依頼人とは今日、このファミレスで会うことになっている。しばらくして店のドアが開き、スーツの上からグレーの作業着を羽織った中年男性が現れた。

ジローたちに気付くと、男は目礼した。彼の名前は『南城』といい、小さな警備会社を営んでいると聞いている。作業着の胸元には『南城警備保障』の刺繍が入っていた。

向かいの席に座った男に、ジローは穏やかに声をかけた。「さっそくですが、詳しく話を聞かせていただけますか？」

男は頷き、持参した鞄の中に手を入れた。

「先に、これを読んでもらった方が早いかと」

と言って取り出したのは、ごく普通のノートだった。

ジローはそれを受け取り、中を開いた。書き出しは『四月十八日』、その後ろに殴り書きの文章が続いている。

「……日記、ですか」

南城が頷く。「息子が書いたものです。去年、部屋の整理をしていたときに見つけました」

そのノートは、当時中学三年生だった南城の息子が書いたもので、学校で受けてきた虐めの記録だった。何月何日に、誰にどんなことをされたのか、その詳細が記されている。内容に目を通しながら、ジローは顔をしかめた。

悲惨なものだった。最初は殴られる、蹴られるという暴行から始まり、そのうち金を無心され、次第に恐喝に変わっていく。テストの解答用紙を白紙で提出するよう強要された、裸の写真を撮られてクラスのグループチャットに流された――虐めは日に日にエスカレートしていった。何度か教師に相談しているが、たいした助けもなく、状況は変わらなかったようだ。

もう嫌だ、学校に行きたくない、死にたい――日記の中盤からはそんな言葉が並びはじめる。

精神的にも肉体的にも追い詰められていくようすが、その文面からひしひしと伝わってきた。日記の後半は、隣にいるミサキに読ませるのが憚（はばか）られるほどの過激な内容だった。プロレスごっこと称して失神するほど首を絞められるなど、命に係わるような暴力が続いている。

登場人物は主にA君とB君、たまにC君が出てくる。虐めの主犯格はどうやらA君のようだ。

日記の最後のページの日付は、一昨年の八月三十一日。夏休みの最後だった。『A君に呼び出された。なにされるかわからない。殺されるかもしれない』――ただその文章だけが書き殴られている。

「この日、息子は死にました」

ジローは息を呑んだ。自殺したのだろうか。

ジローの心を読んだのか、南城は首を左右に振った。「事故です」

「事故？」

「水難事故、ということになっています。足を滑らせて、海に落ちてしまって……ですが、真相は違っていたんです」

依頼人は息を吐き、震える声で告げた。

「息子の同級生――この日記に出てくるC君が、息子が死んだ数か月後にうちにやってきて、すべてを話してくれました。息子はずっと虐められていて、この事故があった日は、A君に埠頭まで呼び出されて……A君とB君は息子の体を抱え、ふざけて海の中に投げ込んだのだと」

南城の息子は溺死した。事故死ではなく、殺されたのだ。

少年Cは、Aを恐れて虐めに加担していた。南城の息子が溺れ死んだ場には居合わせていなかったが、事件の真相についてはBから聞いていたという。だが、Aからの報復を恐れて口を噤んでいたそうだ。同級生を死に至らしめたことにずっと罪悪感を抱き続け、Aたちと疎遠になったことを機に、彼は南城の家にやってきた。すべての真実を打ち明けるために。

少年Cの話を聞くまで、南城は息子が虐めに遭っていたことを知らなかった。どうしても手を付けられず、ずっとそのままにしていた息子の部屋でこの日記を発見するまで、彼が毎日どんな酷い仕打ちを受けていたのかも知らなかった。

すぐに南城は警察にも学校にも事実を話したが、夏休み中に起こった事故死だという結論を覆すつもりは両者とも一切ないようで、まったく相手にしてもらえなかったそうだ。

諦めきれなかった南城は、フリーの記者に事件を暴露した。虐めの事実と事故死の真相を記事にしてもらったところ、彼らの身元はインターネット上で特定され、しばらく騒ぎになった。しかし、少年AとBはすぐに転校し、名字を母親の旧姓に変えて事態を収拾させようとした。今では何事もなかったかのように新たな人生を歩んでいるという。

「親失格ですよね、息子があんなに苦しい思いをしていたのに、なにも知らなかったなんて……」

依頼人は項垂(うなだ)れた。

彼の苦しみは痛いほどわかる。もし自分の子どもが同じ目に遭っていたら――想像するだけで身が引き裂かれそうだ。

「お気持ち、お察しします」ジローはそっと声をかけた。「……助けてあげたかったですよね」

『――なあ、冷蔵庫が空っぽなんだけど』

電話の向こうで林憲明(リンシェンミン)が文句を言っている。

いつの間にか食料が尽きていて、馬場の大好物である『ふくや』の明太子(めんたいこ)さえも残っていないという。戸棚に並べていたカップ麵の類も全滅だそうだ。

『今週の買い出し当番、お前だよな？』

そういえばそうだったな、と馬場は思い出した。

「あー、ごめんごめん、忘れとった」

『ごめんじゃねえよ、ふざけんなよ』

甲高い声が鼓膜を突く。林はご立腹だ。へらへらとした笑みを引っ込め、馬場は顔をしかめた。

「そげん怒らんでいいやん。リンちゃんだって、俺の明太子買ってくるの忘れることあるやんか」

『明太子は嗜好品だろうが。食料と一緒にすんな』

「……え？　明太子は食料やないと？」

林の大きなため息が聞こえてきた。

ひとしきり文句を連ねてから、

『しょうがねえから、今夜はジイさんとこで食うわ』

と、彼は言った。ジイさんというのは屋台【源ちゃん】の店主である剛田源造のことだ。本日の晩飯はラーメンで済ませるつもりらしい。

『お前も行くか？』

「よか」馬場は首を振った。「俺、重松さんと約束があるけん」

『約束？　仕事か？』

「いや、飲みに誘われただけばい」

『そっか。飲みすぎんなよ、明日も仕事あるんだから』

「わかっとるって」

通話を切り、馬場は先刻の重松の電話を思い出した。重松から誘いがあるのは別に珍しい話じゃないのだが、どうも電話口でのようすがおかしかった。空元気な声色というか、どこか無理しているような感じというか。もしかしたらなにかあったのかもしれないな、と心配になる。

事務所兼自宅に愛車のミニクーパーを置いてから、徒歩で目的地へと向かう。約束の場所は馬場探偵事務所の近くにある大衆居酒屋だ。

引き戸を開けて中に入った瞬間、煙草の煙と客の喧騒に包まれる。それほど広くはない店内の、奥のテーブル席で重松が待っているのが見えた。すでに生ビールを注文していて、先に飲みはじめていたようだ。グラスの半分ほどまで減っている。

馬場に気付いた重松が片手を上げた。騒がしくて声は通らないが、こっちだ、と手招きで呼んでいる。

「悪いな、急に呼び出して」

「いや、よかよ」

向かい側に座り、馬場もビールを注文する。「最近どうだ、忙しいか」と重松が世間話を振ってきた。

「まあまあ忙しいけど、働きもんの助手がおるけん助かっとるよ」

「それ、本人に言ってやれ。喜ぶぞ」

「嫌よ。給料上げろって言われるもん」

重松は声をあげて笑った。

「で？ 今はどんな案件を抱えてるんだ？」

「依頼人の娘の素行調査。今日は高校に潜入してきた」

それを聞いて、重松は「そういえば」と呟く。

「今日、どっかの高校で不審者騒ぎがあったような……」なにかを察したようで、重松はすぐに頭を振った。「……いや、いい。今の話は聞かなかったことにする」

不審者とは失礼な。馬場は内心むくれながらビールを呷った。

「重松さん、今日は珍しい格好しとるやん。どうしたとよ」

普段はスーツだが、今夜の重松は礼服姿だった。真っ黒なネクタイを緩めながら重松が「ああ」と頷く。

「同期の葬式だったんだ」

仕事を抜け出して葬儀に参列し、そのまま署に戻ってつい先ほどまで雑務を片付けていたらしい。家に帰って着替える時間がなかったんだ、と重松は言い訳がましく告げた。

……そうか、同期が亡くなったのか。

馬場は気の毒そうに眉を下げ、当たり障りのない言葉を返した。「それは……お悔やみ申し上げます」

重松は無言で目を細め、頷いた。

「……岩佐、っていう奴でさ」

どうして彼が自分を飲みに誘ったのか、馬場はその理由を察した。おそらく重松は話したいのだろう、死んでしまったその同期のことを。思い出を語りながら故人を偲びたいのだ。そのために、相手を必要としている。

だったら今夜は聞き役に徹しようではないか。馬場はそっとグラスを置き、話を促した。「うん、それで？」

　残りの生ビールを一気飲みしてから、重松が口を開く。

「若手の頃は同じ部署で、ライバルみたいな関係でな。お互いしょっちゅう張り合ってたよ。どっちが先に出世するか、競い合ってさ。昇任試験のときなんて、もう必死で……あ、すいません、生もう一杯ください」

「うん、それで？」

「そのうち、俺は刑事課、あいつは組対に配属されて。よく一緒に飲みに行って、上司の悪口言い合ったりしてさ。仲の良い同期だったんだが……あ、すいません、生おかわり」

「重松さん、ちょっとペース早いばい」

　運ばれてくる生ビールを、重松は水のように飲み干していく。馬場は呆気に取られてしまった。

　馬場の制止に構うことなく、

「やっぱり生じゃなくて、焼酎で。黒霧のロックで」

と、重松は店員に注文を言い直した。

　止めても無駄のようだ。もう好きにさせておくことにした。

「……それなのに」

重松の口調が変わった。視線を落とし、手元のグラスを見つめる。

「岩佐は去年、懲戒免職処分になったんだ」

懲戒。警察をクビになったということか。馬場は目を丸めて尋ねた。「なんで、また」

「ヤクを横流ししてたんだと。乃万組のヤクザとつるんで、押収品の覚醒剤を捌(さば)いてたんだ」

馬場はかける言葉が見つからなかった。

「俺も最初は信じられなかったよ。あいつがそんなことするはずない、なにかの間違いだって思った。……でも、すべて妹のためだったって知って、そうとも言えなくなった。妹のためなら、やりかねないなと思っちまった」

その岩佐という同期は学生の頃に両親を交通事故で亡くし、それ以来ずっと八つ年下の妹を養ってきたそうだ。そのために金が必要で、証拠品の横流しに手を染めていたらしい。岩佐が妹を溺愛していたことは重松も知っていた。よく酒の席で自慢げに話していたそうだ。

ところが、その妹が去年、ストレスで自殺し、亡き者となってしまう。岩佐はすぐに横流しから足を洗った。それに不満を抱いたヤクザ側が匿名で警察署にリークし、事態が公になる。当初は岩佐も罪を否定していたが、処分は免れなかった——という顚末だそうだ。

「あいつの妹が自殺した後、それまでみたいに気軽に飲みに誘えなくなった。あいつが妹をどれだけ大事にしていたか、俺もよく知ってたからさ、なかなか声をかけ辛くてな」

妹の死をきっかけに、岩佐はまるで人が変わったようだったと重松は語る。目つきや人相、雰囲気が、犯罪者のそれだったと。

警察を辞めた後のことは知らない。岩佐から連絡がくることも、自分から連絡することもなかったという。どこかの警備会社に再就職したと、風の噂で耳にしたくらいだった。

「俺がもっと、あいつにしてやれることがあったはずなのに——」

不意に嗚咽が聞こえてきた。重松は掌で両目を覆い、体を震わせている。

「俺があのとき声をかけていたら、飲みに誘っていたら……あいつが独りきりで焼け死ぬようなことは、なかったかもしれないのに……」

震える唇から、くそ、ちくしょう、とやり場のない怒りが漏れる。

彼は強く後悔している。友人に手を差し伸べなかったことを。

「……重松さん」

重松さんは悪くないばい――そう言おうとしたが、躊躇(ためら)った。

今かけるべきは、そんな言葉ではないのかもしれない。

「そうやね……」馬場は呟くように返した。「……助けてやりたかったね」

しずかに嗚咽を漏らしながら、重松は何度も頷いた。

2回表

チャイムが鳴った。昼休みの終了を知らせているが、自分たちには関係のないことだった。普段、授業なんてまともに出ていない。それでも教師からはなにも言われない。事なかれ主義のこの学校は基本的に生徒を放任している。教師たちが大事にしているのは将来性のある特進科の連中だけで、普通科の生徒がどんな大人になるかなんて端(はな)からどうでもいいのだ。

渡り廊下で仲間と屯(たむろ)し、教室へと戻っていく学生たちをぼんやりと眺める。級友のオオタとマツイは床に腰を下ろし、雑談しながら昼食のパンを食べている。

「なあ、三組のエザキって知ってる?」

と、マツイが唐突に言い出した。

「ああ」オオタが頷く。「俺、同じ中学だった」

「あいつさ、学校でヤク売りさばいてるらしいよ」

「マジか」

「こないだ男子トイレで売ってるとこ見たって、うちのクラスの奴が言ってた。やべえよな」

「へー、俺も買ってみようかな」

「馬鹿、やめとけって」

二人の会話を聞き流しながら、タカハシは物思いに耽(ふけ)っていた。

退屈だ、と思う。刺激に飢えている。

面白くない。学校も、授業も、こいつらの話も。かといって、家にいたってそれは変わらない。だったらこいつらとつるんでいた方が多少の暇つぶしにはなるか。

中庭に視線を移したところ、ふとタカハシの目に男の姿が留まった。水色の作業服を着ている。初めて見る顔だった。

「……あいつ、誰？」

指を差して尋ねると、オオタとマツイが立ち上がり、同じように二階から下を覗き込んだ。

「あいつ？　どれ？」

「あの作業着の」

「ああ、清掃員だろ」

タカハシは首を捻った。「……うちの清掃員、外人じゃなかったっけ？」

「もう辞めたんじゃね、そいつ」

先日見かけた清掃員は外国人だった。大柄の黒人。だが、今の男は日本人にしか見えない。体格は中肉中背。髪は伸ばしっぱなしのようで、肩につきそうなほどの長さがある。おまけに鼻の下と顎には髭を生やしている。清掃員のくせに、清潔感のない男だった。

目障りだな、と思った。

新しい清掃員か、と心の中で呟く。暇つぶしにはなるかもしれない。次の玩具を見つけ、タカハシは唇を歪めた。「……あいつも辞めさせようぜ」

タカハシが二階の渡り廊下から真下を覗き込み、中庭にいる清掃員に向かってゴミを投げている。小さく丸めたそれは相手の頭にこつんと当たり、いったい何だと清掃員が上を向いた。水色の帽子を深く被った男が、睨みつけるような顔でこちらを見て

いる。

　オオタも真似してゴミを投げた。プリントをくしゃくしゃに丸めた小さな塊は風の抵抗を受けて垂直に落下し、清掃員には当たらなかった。

　清掃員は何も言わなかった。諦めたように二階から視線を外し、自分の周囲に落ちたゴミを拾いはじめた。それを見て、タカハシとオオタは笑っている。

「おい」と、タカハシに声をかけられた。「それ、中身まだ入ってる？」

　彼が指差したのは、ジュースの缶。マツイの飲みかけだ。

「入ってるけど」

「貸せよ」

　喉でも渇いたのだろうか。自分で買ってくればいいのに。不服に思いながらも言われた通りに缶を手渡す。

　すると、タカハシはそれを逆さにした。

　缶の中身が零れ、二階の渡り廊下から中庭へと落下していく。炭酸の液体が清掃員の帽子を濡らした。それを見ながら、ぎゃはは、とオオタが下品な声で嗤う。

「おい、やめろって」

　マツイは思わず声をあげた。さすがにやり過ぎだ。

タカハシの顔から笑みが消えた。興が覚めたと言わんばかりに肩をすくめ、「新しいの買ってきてやるよ」と踵を返した。食堂へと向かう彼の背中を見つめながら、マツイは顔を歪めた。

初めてタカハシを見たとき、普通だな、と思った。どこでも見かけるような平均的な高校生。一度も染めたことのないような黒髪。背は高くも低くもない。痩せているわけでも太っているわけでもない。制服は着崩しておらず、真面目そうな印象を覚えた。一発殴れば簡単に倒せそうだな、とすら思った。

——それがまさか、こんなヤバい奴だったなんて。

まるで悪魔だ。タカハシは人間の心をもっていない。

そのことに気付いたときには、もう遅かった。すでに彼はこの学校で権力を握っていて、誰もが逆らえない存在になっていた。

最近のタカハシは輪をかけて酷かった。血に飢えた獣のような雰囲気がある。マツイは嫌な予感がしてならなかった。

このままでは、また——。

「ほっとけって、清掃員なんて」と、マツイはオオタに言った。「なにが楽しいんだよ、あんなことして」

オオタは口を尖らせている。「別に、楽しくねえよ」

「だったら——」

「しょうがねえだろ」と、オオタが脱色したばかりの頭を掻きむしる。「あいつの機嫌損ねたら、どうなるか……」

誰もがタカハシに逆らえない理由——それは、彼の親族に警察の関係者がいるからだった。タカハシの祖父は元県警本部長、叔父は警察署の現課長らしい。去年、オオタはバイクの無免許運転で事故を起こしたが、表沙汰にはならなかった。タカハシが身内に口添えし、事件をもみ消してくれたからだ。それ以来、オオタはタカハシに頭が上がらず、ご機嫌取りのような真似を続けている。

自分たちは、まるでタカハシの奴隷だ。

「でも、このままじゃ絶対ヤバいって。このままだとあいつ、また、あの人のときみたいに——」

「うるせえよ」

オオタが声を張りあげ、マツイの言葉を遮った。

「お前、そのこと、誰にもチクるんじゃねえぞ」

「わ、わかってるって」

言うわけがないだろう。マツイは何度も頷いた。誰かに言えば、自分の人生だって終わるのだから。

ため息をつき、オオタはその場にしゃがみ込んだ。辺りを気にしながら小声でとんでもない事実を告げた。「……タカハシは、中学のときに人を殺してる」

「え——」マツイは目を見開いた。「それ、マジかよ」

「ああ。本人に聞いたから。自慢みたいに話してたよ。虐めてた同級生を海に投げ入れたら、溺れて死んだって。気になってネットで検索してみたら、マジだった。マジで死んでた。ただの事故ってことになってたけど」

その後、タカハシは母親の旧姓に名字を変え、引っ越して転校し、今はこうしてこの学校に通っているという。おそらくその事件もオオタのバイク事故と同じように、警察の身内の力でなかったことにしたのだろう。

人ひとり殺している。それがタカハシの法螺ではなく、事実だとしたら——マツイはぞっとした。煙草や酒、無免許運転でイキがっているその辺の不良とは、タカハシは次元が違う。

「マジでヤベえ奴じゃん、あいつ」

「そうだよ、ヤバいんだよ。あいつの言うこと聞かなかったら、俺たちだってどうなるか……」

　オオタは項垂れた。

　ジュースを買いに行ったタカハシを、マツイは心の中で呪った。このまま一生、あいつが帰ってこなければいいのに。

2回裏

地獄のようなハロウィンの夜が明けた。

今年の十月三十一日も、暴行、恐喝、器物破損、掏摸、痴漢など、福岡市中で事件が多発した。重松たちも管轄内だけでなく他の所轄の応援にまで駆り出される始末だった。今年は特に忙しかった気がする。例年通りの警固公園での馬鹿騒ぎに加え、今回は発砲事件まで発生していた。さすがに疲れ果て、ジローの店のパーティには顔を出せなかった。

自宅に戻って数時間の仮眠を取ったが、疲れは抜けなかった。年々疲れやすくなっている気がする。歳だろうか。朝っぱらから憂鬱な気分になりながら、重たい体に鞭を打ち、重松は車を走らせて職場に向かった。

博多北警察署の地下駐車場に愛車を停め、四階のフロアを目指す。刑事一課にある自分のデスクの隣には、すでに後輩の畑中の姿があった。パソコンと睨み合い、調書を書いているところだった。

「おはようございます、重松さん」

画面から顔を上げ、畑中が挨拶した。

「おう、お疲れさん」辺りを見渡し、重松は声を潜めて告げる。「組対がやけにピリついてるな。なにかあったのか？」

この北署では組織犯罪対策一課と二課、刑事一課が同じ階に集まっている。フロアに足を踏み入れた瞬間から、重松は妙に殺伐とした空気を肌で感じていた。

重松に顔を寄せ、畑中が小声で答える。「組対二課のガサが失敗したそうです」

「ガサって、乃万組の？」

「はい」

踏み込んだ祇園の事務所が不発だったそうだ。組織犯罪対策第二課はこの日のために慎重に準備を進めていた。そりゃ荒れたくもなるだろう。重松は捜査員の心中を察した。

そのときだった。重松の携帯端末が震えた。着信だ。画面には『平野（ひらの）さん』と表示されている。顔見知りの女性だった。警察の嘱託先のひとつである、大学の法医学教室の解剖医だ。

おかしいな、と重松は首を傾げた。今現在、刑事課が司法解剖を頼んでいる死体はなかったはずだ。

……いったい何の用だろうか？

訝しげに首を捻りながら椅子から腰を上げ、重松はフロアを抜け出した。誰もいない休憩スペースへと移動したところで、通話に切り替える。「はい、重松です」

『平野ですが』女性の声が聞こえてきた。『突然すみません。今、お時間よろしいでしょうか』

「ええ、どうしました？」

『岩佐さんのご遺体のことで、お話ししたいことがありまして……』

岩佐——その名前に、はっと息を呑む。

岩佐智弘。火事で他界した同期の元警察官。重松も彼の葬儀に参列したばかりだ。

「岩佐の解剖の担当は、平野先生だったんですか」

『はい。それで、ちょっと気になることが……。解剖の結果、遺体から睡眠薬が検出されたんです。事故の数日前に心療内科で処方されたもののようで』

「睡眠薬って」重松は目を見開いた。「……まさか、あの火災は意図的に引き起こされたものだった、ということですか？」

煙草の不始末が原因である不幸な事故と聞いていたが、岩佐が睡眠薬を服用したとなると話は変わってくる。

『おそらくは。自ら飲んだとすれば自殺、誰かに飲まされたとすれば他殺の可能性が出てきます』

「そのこと、警察には？」

『もちろん、すべて報告してあります。ですが結局、単なる事故として処理されてしまって……』

岩佐にはメンタルクリニックの通院歴が何度かあった。警察をクビになったことで――もしくは、妹が自殺したことで――心を病み、苦しんでいたようだ。火災当夜に飲んだ睡眠薬もそのときに処方されたものだろうと、事件を担当していた刑事が話していたそうだ。

睡眠薬を日常的に服用しており、たまたまその日、岩佐は煙草の火をつけたまま眠り込んでしまった。それが運悪く火事を引き起こし、岩佐を焼き殺した――というのが警察の見立てのようだ。意図して薬を飲み、意図して火をつけた、というわけではなく。

「なるほど。警察側としては自殺ではなく、事故ということにしておきたいんでしょょうね」

重松の言葉に、平野も頷く。『私も、そんな気がしています』

納得のできない平野は、解剖結果の事実を岩佐の同期だった重松の耳に入れておこうと考えた、というところか。

「岩佐の死が自殺だとしたら、その原因に注目が向いてしまう。あいつは警察をクビになった身です。押収品である薬物の横流しで。その過去を掘り返されるのが嫌なんでしょう、上の連中は」

やけに早かった焼死体の身元の特定も、そう考えると辻褄が合う。ただの事故ということにして、さっさと片付けてしまいたかったのだろう。過去の不祥事をマスコミに嗅ぎつけられる前に。

電話を切ってから、重松は近くに設置されている自動販売機で無糖の缶コーヒーを買った。ベンチに腰を下ろして缶を呷る。苦い味が舌の上に広がり、喉を通り過ぎていく。

コーヒーをちびちびと飲みながら、平野の話を反芻する。

岩佐の死は事故ではない。

自殺か、他殺か――そのどちらかだ。

自身の足でクリニックに通い、処方箋を受け取っていたとしたら、自ら睡眠薬を飲んだ可能性が高いだろう。やはり自殺の線が濃厚か。

缶を片手に考えを巡らせる。だとしたら、岩佐はなぜ自殺をしたんだ。警察をクビになって思い詰めていたのか？　仕事がなくて生活が苦しかった？　妹を失って、生きる意味を失っていた？

いくつかの線を推測してみたが、どれもしっくりとこなかった。

岩佐が懲戒免職処分になったのは今から一年も前の話だ。妹の自殺はさらにその前の出来事である。

「……どうして、今になって自殺を？」

ぼそりと呟く。口から零れ出た疑問は、いくら考えても解消されなかった。他に自殺の引き金となった出来事があるのかもしれない。

残りのコーヒーを一気に飲み干してから、重松は腰を上げた。ゴミ箱に空き缶を放り込み、エレベーターに乗って下の階へと向かう。

地下駐車場。先刻別れたばかりの愛車に乗り込んだ。運転席に腰を下ろしたところで、重松は懐からスマートフォンを取り出した。岩佐の新しい職場はたしか——インターネットで会社名を検索する。すぐに住所と地図が出てきた。事務所は福岡市早良(さわら)

区にあるようだ。

話を聞いてみるか。もし仮に岩佐の死が自殺だったとしたら、その前兆があったかもしれない。彼の同僚がなにか知っているといいのだが。

会社の住所をナビに入力する。すぐにルート案内が表示された。シートベルトを締め、重松は車のエンジンをかけた。

「……胸クソ悪い話だな」

日記を読み終え、林は舌打ちした。

この日、馬場探偵事務所を訪れた客は、顔見知りの復讐屋だった。林はインスタントのコーヒーを淹れ、客人に差し出した。笑顔で礼を告げたジローと向かい合うように、馬場と林は並んで腰を下ろした。

ジローは天神地下街で買ってきた手土産のタルトと一緒に、一冊のノートを手渡した。

そのノートは、凄惨な虐めの記録だった。登場するのは少年A・B・Cというイニシャルのみの名前。彼らの悪行が事細かに記されていて、ざっと目を通しただけで気分が悪くなってきた。なんて卑劣な奴らなんだと憤りが湧いてくる。

林は顔をしかめ、

「この虐められてた奴、どうなったんだ？」

と、気になったことを尋ねた。

「残念だけど、亡くなったわ」

ジローが気の毒そうに答えた。

馬場が首を傾げる。「自殺したと？」

「いえ、事故よ。表向きはね」

「表向き？」

どういうことだろうか。馬場と林は顔を見合わせた。

「ここに出てくる少年AとBに、ふざけて海に投げ込まれて、そのまま溺れて死んじゃったの」

だとしたら、それは事故ではなく立派な殺人だ。

「なのに、警察は事件として扱わなかった、と？」

「そう。水難事故ってことになってるわ。目撃者もいないし、防犯カメラもない。証拠がないから、夏休み中の不幸な事故として処理されたの。被害者に対する日常的な虐めについても、学校側は事実として認めなかったみたいね。この中学校、結構な隠蔽体質だわ」

なるほど、と林は頷く。事情は理解した。「警察も学校も当てになんねえから、復讐屋に依頼が舞い込んできたってわけか」

「ええ。亡くなった子の父親が虐めの復讐を依頼してきたわ。だけど、うちも今は手一杯なのよね。ある女性からの依頼が長引いちゃって……。だから、二人に手伝ってもらえないかと思って」

もちろん報酬は払うわ、とジローは付け加えた。

馬場が胸を張る。「そういうことなら、まかせときんしゃい。うちの事務所も、今ちょうど暇やしね」

「いつも暇だろ」

林は鼻で笑った。

「——で？　俺たちはなにをすればいい？　この日記に出てくるクソガキA・B・Cをブッ殺すか？」

こういう性根の腐った奴は全員まとめて始末してしまえばいい。どんなに灸を据えたところで、どうせ性格は直らないのだから。

殺意を抱く林を制するように、ジローは首を左右に振った。

「依頼人の話によると、ここに出てくるC君だけは、今でも線香を上げにきてくれるそうよ。自分がやったことを本当に後悔してるみたいで、いつも仏壇の前で涙を流して謝ってるんだって」

AとBが被害者を海に投げ込んだことを密告したのも、そのCだったらしい。だからといって彼の罪が消えるわけではないが。

「依頼人は、反省しているC君のことは許してあげたい、って言ってたわ」

私も親ですから、子どもは道を間違えることがあるということは、よく理解しています。大事なのは、その過ちに気付いた後だと思うんです。C君はちゃんと罪を償おうとしている。真っ当に生きようとしている。だから、そのチャンスを潰したくはない。他の二人も、もしC君と同じ気持ちでいるのなら、見逃そうと思っています――

依頼人はジローにそう語ったそうだ。

「――要するに」と、馬場が話をまとめる。「この少年AとBの今現在の素行を調査して、復讐すべきかどうか見極めろ、ってことね？」

ジローが頷いた。「そういうこと」

それぞれの現在の姿を調べ、反省や後悔の姿勢が見られたら復讐はしない。それが依頼人の意向だ。

「甘いなぁ」

林は納得がいかなかった。あの日記を読み、自分の息子がどんな鬼畜な所業を受けてきたかを知っても尚、そんな風に言える依頼人が信じられない。菩薩のような心の持ち主だと思う。

「もう全員ブッ殺そうぜ。一度間違ったらアウトだよ、アウト。人ひとり殺しといてのうのうと生きられるわけねえだろ。俺が言うのもアレだけどさ」

「まあまあ」と馬場が宥める。「依頼人の意向が第一ばい」

「心配いらないわ。反省してなかったときは、アタシがしっかり地獄を見せてやるから」

にっこりと微笑み、ジローは話を切り上げた。

『——重松さん、今どこにいるんですか』

後輩の畑中が責めるような口調で言った。

「早良区だ」

『さっ――ええ？』電話の向こうで畑中が驚いた声をあげる。『なんでまた、早良区に』

「ちょっと調べたいことがあってな。すぐ戻るよ」

多くを説明せず電話を切る。

車を降り、重松は建物を見上げた。雑居ビルの四階の窓に白い文字が見える。南城警備保障――小さな警備会社だ。警察を免職になった岩佐はその後、この会社に再就職したと聞いている。

南城警備保障の事務所には数人の従業員しかいなかった。事務員らしき女性が二人と、社長らしき中年の男がひとり。奥の席に座るその男には見覚えがあった。岩佐との別れの日、葬儀場で見かけた。身寄りのない岩佐の葬儀の喪主を務めたのはこの社長だった。

身元を尋ねられ、重松は身分証を掲げた。

「警察の者です。博多北署の重松と申します」

社長の南城は目を丸くしている。「けっ、警察……？」と声をあげ、視線を泳がせていた。なにかやましいことでもあるのだろうか、とすぐに疑ってしまうのは職業病かもしれない。

衝立の奥に応接用のスペースがある。勧められるまま椅子に腰を下ろすと、事務員の女性がコーヒーを出してくれた。

「――そ、それで」南城がどぎまぎしたようすで尋ねる。「警察の方が、うちに何の御用でしょうか？」

「岩佐智弘さんについて、お伺いしたいことがありまして」

すると、南城は一瞬きょとんとしてから、「ああ、岩佐くんの」と合点し、露骨にほっとしたような表情になった。叩けば埃が出そうだな、と重松は思った。

元従業員であった岩佐の勤務態度について尋ねると、南城は「とてもいい社員でした」と答えた。

「本当に残念でなりません。岩佐くんは真面目で、仕事ぶりも申し分なく……他の社員にも信頼されていましたよ。うちには年配の警備員が多いですから、岩佐くんのような元警官で若い人がいてくれると、やはり安心といいますか……」

まさか火災で亡くなってしまうなんて、と南城は肩を落とした。

元警官、という彼の言葉が引っかかり、重松は確認した。「ご存じなんですね、岩佐が警察官だったこと」

「ええ。面接のときに聞きましたから」

「警察を辞めた理由も？」

「知っています。それも本人から聞きました」

「薬物の横流しでクビになった、と？」

「はい」

　南城は肯定した。

「それなのに、採用したんですか」

　探るような視線を向けると、南城は毅然とした態度で返した。「人間誰しも、間違いを犯すものです。本人が心から反省し、やり直そうとしているのなら、そのチャンスを与えるべきでしょう」

　重松は「ごもっともです」と何度も頷いてみせた。なかなか見上げた信念だ。これほど理解のある上司と会社に恵まれていながら、岩佐はどうして自殺を図ってしまったのだろうか。さらに質問を続ける。

「亡くなる前の岩佐に、なにかおかしなようすはありませんでしたか？」

「おかしな、といいますと？」

「たとえば」重松は声を抑えて言った。「なにか思い詰めていたとか。あるいは、金に困っていたとか」

するど、南城は勢いよく首を振った。「いいえ、そんな。まさか。そんなことはまったく。いつも通りでしたよ」

「そうですか」

ご協力ありがとうございました、と重松は腰を上げた。そのとき、ふと事務所の壁が目に留まった。ちょうど社長のデスクの横あたりに、いくつかの写真が飾られている。十数人の男女が集合した記念写真のようだ。その中には、にこやかに笑う岩佐の姿もあった。

「ああ、これですか」と、南城が微笑む。「社員旅行の写真です。こっちは、日帰りで温泉旅行に行ったときのもので、これは定休日にみんなでバーベキューをしたときの——」

説明を聞きながら、重松は写真を観察した。すべてというわけではないが、いくつかの写真に岩佐の姿が写っている。社内行事には積極的に参加していたようだ。意外だった。

「岩佐は、新しい職場が気に入っていたようですね」

少なくとも、岩佐が大事にしてもらっていたことはわかる。警察を辞めた頃と比べると、表情が別人のように明るい気がする。

「そうだといいんですが……」

南城は肩を落とした。

「どれも素敵な写真ですね、みんな楽しそうで。南城さんが社員を大切になさっていることが伝わってきます」

すると、南城は一瞬だけ嬉しそうな顔をして、それから寂しげに目を伏せた。

「私には息子がいたんですが、事故で亡くしましてね……今はもう、この会社だけが生きがいなんです。社員全員が、子どもと同じくらい大事な存在でして」

「……そうでしたか」

重松は気の毒そうに眉を下げた。人の好さそうな社長だ。岩佐が最後にいい会社で働けてよかった、と思う。

適当なところで聞き込みを切り上げた。事務所を出て、エレベーターを待っていたところ、

「――あの、刑事さん」

と、背後から声をかけられた。南城警備保障の事務員の女性だった。重松を追いか

けてきたようだ。

「どうしました?」

「岩佐さんのことで、ちょっと」

四階に到着したエレベーターを無視し、重松は女性に向き直る。女性は小声で話しはじめた。

「岩佐さん、自殺だったんですか?」

真剣な面持ちで訊かれ、重松は曖昧に返した。「いえ、それはまだ何とも」

「ごめんなさい、話が聞こえてしまって……でも、岩佐さんは絶対に自殺じゃないと思います」

はっきりと断言した女性に、重松は興味を惹かれた。

「どうして、そう思われるのですか?」

「実は私、聞いてしまったんです。岩佐さんが亡くなる前に、事務所で電話しているのを」

「電話、ですか」

「はい」

あの日――火事のあった日、事務所の休憩室で電話している岩佐の声を聞いたのだと彼女は説明した。「私の席、休憩室に近い場所にあるんで、よく人の会話が聞こえてくるんですよ」

「どんな内容か覚えてますか？」

「誰かと約束をしているようでした。明日の何時に会おうって。場所と時間は聞き取れなかったんですが……」

約束、と重松は呟く。

その話が本当だとしたら、人と会う約束をしていた前日に焼身自殺を試みたことになる。たしかに、これはどう考えても不自然だ。

「これって、捜査の役に立ちます？」

女性の言葉に、重松は微笑んだ。「ええ、とても」

3回表

……あの清掃員、学校に俺たちのことをチクらなかったらしい。

マツイは内心ほっとしていた。

清掃員への悪戯(いたずら)をやめるよう、てっきりホームルームで注意があるだろうと覚悟していたが、担任教師は一切話題に出さなかった。清掃員からのクレームを学校側が無視したのか、それとも、仕事を失いたくない清掃員が泣き寝入りして口を噤んでいるのか。

いずれにせよ、この結果はタカハシのお気に召さなかったらしい。何のリアクションもないことが不満だったようで、彼は次の手を考えた。

その日、マツイたちは校内のゴミ捨て場の中にいた。

捨てられているゴミ袋を持ち出しては、袋を破り、そこら中にゴミをまき散らしていく。くだらない嫌がらせだな、と馬鹿馬鹿しく思ってはいても、手を止めることはできない。タカハシの命令だからだ。

ゴミの悪臭に顔を歪めながら、早く辞めてしまえばいいのに、と思う。あの清掃員が俺たちの嫌がらせを苦に辞めてくれれば、もうこんなことはせずに済むのだから。

……いや、はたして本当にそうだろうか？

マツイは思い直した。あいつが辞めたところで終わるわけじゃない。次の獲物が生まれるだけだ。

タカハシにとって、これはただのゲームに過ぎないのだから。

去年、タカハシは担任教師を辞めさせた。きっかけは授業態度を注意されたことだった。その腹いせに彼は取り巻きを使い、執拗（しつよう）に教師への嫌がらせを繰り返した。犯罪に手を染めてまで、あの女を退職に追い込んだのだ。

だが、お咎めはなかった。学校からも、警察からも。

タカハシは完全に味を占めている。なにをやっても許され、どんな犯罪ももみ消してもらえる。それだけのコネとカネがある。あいつの暴走は誰にも止められない。タカハシは力をちらつかせて級友を掌握し、退屈しのぎのゲームを楽しんでいる。

所詮、俺たちは奴の駒だ。自分が次の標的にならないよう、従順な僕（しもべ）を演じるしかない。

一仕事終えて旧体育倉庫に戻る。中ではすでに数人の同級生が屯していて、煙草の煙が充満していた。その輪の中心に、タカハシがいる。

戻ってきたマツイに、

「――マツ、お前さぁ」と、タカハシが声をかけてきた。「女子の下着、盗んでこいよ」

「……は？」

意味がわからなかった。

――なに言ってんだ、こいつ。

呆気に取られていると、タカハシは薄ら笑いを浮かべて続けた。

「女子の更衣室に忍び込んで、ブラでも体操服でも何でもいいから、盗んでこい。それを、あの清掃員の荷物の中に入れんだよ。警察沙汰になって、あいつをクビにできるじゃん」

「そんなの、上手くいくわけないだろ」

「大丈夫だって。俺の彼女に証言させるからさ。『あの清掃員が更衣室に忍び込んでるのを見ました』って」

あの馬鹿女、俺の言うことなら何でも聞くから――タカハシはそう言ってけらけらと嗤う。

もし、と想像する。自分が更衣室に忍び込んでいる姿を、誰かに見られてしまったら。警察沙汰になるのは自分の方じゃないか。

嫌な流れだった。どうして俺がそんなことをしなければいけないいんだ。

——こいつまさか、俺を嵌めようとしてんじゃないだろうな。

冗談じゃない。その手には乗るか。

「だ、だったら」マツイは言い返した。「お前の彼女の下着を、あいつの荷物に入れりゃいいだろ。わざわざ盗まなくても」

すると、タカハシは黙り込んだ。

反論されたことが面白くなかったのだろうか。タカハシが冷ややかな視線でこちらを睨んだので、マツイは内心縮み上がった。どきどきしながら相手の言葉を待つ。

しばらくしてから、タカハシはつまらなそうな顔で、「まあ、そうだな」と言った。

少し機嫌を損ねたように見えたが、それ以上はなにも言われなかった。

その日の午後、マツイはタカハシに呼び出された。廊下のど真ん中で「ほら」と渡されたのは、タカハシの彼女の体操服だった。

——本当にやる気なのか、こいつ。

マツイはぎょっとして、周囲をきょろきょろと見渡した。……よかった、誰にも見られていない。

半ば強制的に押し付けられた体操服を恐々と受け取ると、

「上手くいくといいな」

と、タカハシはまるで他人事のように言った。どうして俺が、と思ったが、これ以上逆らうことは許されないような気がした。

学ランの中に体操服を忍ばせ、マツイは駐車場へと向かった。誰もいないことは幸いだった。

来客用の駐車スペースの端に一台のワゴン車がある。白いボディに清掃会社の社名が書かれていた。あいつの会社だ。

清掃用具を積んだそのワゴン車は、ドアの鍵が開いたままになっていた。中を覗き込むと、清掃員の鞄らしきものが見えた。

辺りに人がいないことを確認してから、マツイは助手席の扉を開けた。シートの上にある鞄にそっと手を伸ばす。

緊張が走った。

……早く終わらせなければ。

心臓の鼓動がうるさい。冷や汗が滲む。体操服を取り出し、震える指で鞄のファスナーを開けた——そのときだった。

「——俺を嵌める気か？」

突然声をかけられ、マツイの心臓は跳ね上がった。

ひっ、と悲鳴をあげて振り返ると、すぐ後ろにつなぎ姿の男が立っていた。あの清掃員だ。

「残念だったな」

男はマツイを車から引きずり下ろすと、その頭を掴んだ。抵抗しようと必死でもがくも、びくともしない。

——なんて力だ。

見るからに華奢(きゃしゃ)で、ひ弱な清掃員だと思っていた。どこにこんな力があるんだ。マツイは目を見張った。

「お前たちは、本当にどうしようもないな」

心底呆れ果てた声色で、清掃員が言った。次の瞬間、大きな掌で掴んだマツイの頭を、彼は思い切り車に打ち付けた。後部座席のドアがわずかに凹むほどの衝撃が数回マツイを襲い、ぐらりと視界が揺れる。鼻から出血したようで、生温かい液体が上唇を濡らした。

この、とマツイは拳を握り、振りかざした。

清掃員はその攻撃を軽々と受け止め、すぐさま反撃した。マツイは腹部と顔面を順に殴られた。小さく呻き、その場に蹲る。痛みに身悶える。血の混じった唾を吐き出し、マツイは顔をしかめた。

——こいつ、何モンなんだよ。

ただの清掃員じゃない。人に危害を加えることに慣れている。マツイは恐る恐る視線を上げた。清掃員が、自分を見下ろしている。

男と目が合い、マツイはぞっとした。

冷徹で、危ない目をしている。

ヤバい、と思った。タカハシと同じ、人を殺したことのある奴の目だ。

「……お前らは、生きている価値がない」

殺意を孕んだ声色で男が言う。

殺される、と思った。恐怖のあまり体が震えはじめる。

——俺が、なにをしたっていうんだよ。

目に涙が滲んだ。

こんなのあんまりだ。こいつに嫌がらせしようって言い出したのは、タカハシなのに。なんで俺がこんな目に遭わないといけないんだ。

懸命に訴えるも、男の心には届かない。

次の瞬間、視界が真っ暗になった。

3回裏

焼死した日の翌日、岩佐は誰かと会う約束をしていた。

――自殺を考えているような奴が、人と会う約束をするだろうか？

予め死ぬとわかっていて未来の予定を組むとは考えにくい。南城警備保障の社員から得られたその証言は、重松に強い確信を与えた。岩佐の死は自殺ではない。

だとすると、他殺か。

何者かが岩佐を殺害したとしたら、と想像してみる。岩佐の自宅を焼き払ったのは証拠を消し去るためかもしれない。遺体から検出された睡眠薬が犯人の用意したものだとしたら、犯行の計画性も窺える。たとえば、薬を混ぜた飲み物を飲ませ、眠らせてから火をつけたのであれば、犯人は家に上がって飲食をともにできるほどの親しい間柄と考えられる。

とにかくまずは、岩佐の交友関係を調べなければ。

後輩の畑中に応援を要請しようとして、重松はふと思い直した。この一件は任務外であり、重松の独断で行っている捜査だ。人手は欲しいが、他人を巻き込むわけにはいかなかった。

翌朝になり、重松は中洲川端駅方面を目指して車を走らせた。

ゲイツビルの一階のカフェに、プラチナブロンドのキノコ頭を見つけた。やはりここにいたか。重松は近くの駐車場に車を停めた。店に入り、声をかける。

「おう、榎田」

草野球チーム『博多豚骨ラーメンズ』のリードオフマンは奥の席でノートパソコンを弄っていた。重松が向かいの席に腰を下ろすと、榎田は手を止めて首を傾げた。

「どうしたの、こんな時間に珍しいね。今日は非番？」

「いや」

勤務中ではあるが、職務とは関係ない案件を調べている最中だ。どう説明すべきか悩むところだが、重松は「ちょっとサボり中だ」と答えた。

「税金泥棒だねえ」と榎田が笑う。

「俺なんか、まだ可愛いもんだよ」

先日、ある課の巡査部長が勤務中に風俗店に通っていた事実が発覚し、減給処分になったばかりだ。先月はヤクザと交際していた女性巡査が停職処分になっている。不祥事のニュースは後を絶たない。

警察に限った話ではないが、組織の中には必ずといっていいほど好き勝手やっている悪い輩がいるものだ。そういう連中がお咎めもなしに甘い汁を吸っているのを見る度に、真面目に働くのが馬鹿らしく思えてしまう。

岩佐もそうだったのだろうか——ふと、そんな考えが頭を過った。真面目に働くことに嫌気が差し、薬物の横流しに加担したのだろうか。

彼が当時なにを考えて悪事に手を染めてしまったのか、今となっては問い質すことすらできないのが残念でならなかった。

「もしボクが政治家だったら、まずは警察組織にメスを入れるね」

という榎田の冗談に、重松は一笑した。こいつが敵に回れば警察も大変だろうなと思う。「お前が政治家じゃなくてよかったよ」

「とりあえず、古臭い制度は廃止しないと。正義感のある真面目で優秀な人材が、真っ当に出世できるような組織に改革するべきだね」

「お前、次の選挙に出ろ。俺を出世させてくれ」

軽口を叩いている場合ではない。重松は本題に入った。

「実は、お前に頼みがあるんだ。ある男について調べてるんだが、そいつの通話記録が知りたい」

するを、榎田は横目で重松を見た。「通話記録は警察でも調べられるよね。それでもボクに頼むってことは……もしかして、ヤバいことに首突っ込んでる？」

「どうかな。そうじゃないといいが」

重松は曖昧に答えた。きな臭さを感じる事件だが、今の段階ではまだ何とも言えない。

「男の名前は、岩佐智弘だ。智将の『智』に、弘法大師の『弘』。……調べられるよな？」

「余裕で」

榎田は間髪を容れずに返した。頼もしい男だ。楽しげにキーボードを叩きはじめた榎田に、やはり敵に回したくはないな、と重松は改めて思った。

頼まれた情報を渡すと、重松は「ありがとな、助かった」と告げ、足早に去ってい

った。つい先刻、彼は電話に出ていた。後輩から呼び出しがあったらしく、急いでいるようすだった。

立ち去る重松を目で追いながら、榎田は考えた。刑事の重松なら通話記録くらい正当な手段で手に入れられるだろうに、わざわざ自分に調べさせるなんて。余程のことがあるに違いない。

いったいどんな事件に首を突っ込んでいるのだろうか。興味がわいてきた。こちらも首を突っ込んでみようかと思い立った、そのときだった。

「――楽しそうやねえ」

男の声がした。聞き慣れた博多弁だ。向かいの椅子に腰を下ろしながら、「目がキラキラしとるよ」と馬場が笑う。

まあね、と榎田は素直に認めた。「ちょっと、面白そうなことがあって」

キーボードを叩く指を止め、榎田はコーヒーのカップに手を伸ばした。すっかり冷めた中身を飲んでいると、馬場が話を切り出した。

「榎田くんに頼みがあるっちゃけど」

「今日は朝から大繁盛だな」苦笑し、本日二人目の客に尋ねる。「それで、なにを調べろって?」

「この二人」

と言って、馬場がメモ紙を手渡す。そこには二人分の名前が書かれていた。

「誰なの、こいつら」

「少年Aと少年B」

「は？」

「簡単に説明すると、この二人が同級生を虐めて、殺したらしいとよ。復讐屋の手伝いで、俺らが素行調査することになったたっちゃん」

「なるほどね」

榎田はあらかた察した。

それで、殺された学生の身内が復讐を依頼し、忙しい復讐屋は馬場たちに応援を頼んだ、というわけか。

「わかった、調べとくよ」

「あ、情報料の請求は復讐屋さん宛てで」

用件はそれだけのようだ。馬場が「なにかわかったら連絡して」と椅子から立ち上がる。

「――そうだ、馬場さん」

榎田はふと思い出し、帰ろうとしていた馬場を呼び止めた。

「例の件だけど」

例の件というのは、馬場から個人的に頼まれていた案件だ。元殺人請負会社の社員であり、馬場の親の仇でもある殺し屋・別所暎太郎が遂行した暗殺リスト。その標的となった人物をひとりずつ調べているところだった。

馬場の顔つきが変わった。動きを止め、再び椅子に腰を下ろし、真剣な表情で榎田を見つめる。

「別所が暗殺した相手のうち、ひとりの身元がわかったよ。どうやら前科があるみたい。詐欺の」

「詐欺？」

「うん。今度、担当の刑事に話を聞いてみようと思う」

先日の半グレの詐欺集団の逮捕では、榎田の情報が一役買っていた。警察に恩を売っておいたのは、すべてこのためだった。

「その刑事、信頼できると？」

「大丈夫だよ。重松さんの紹介だから」

馬場は「頼んだばい」と頷き、再び腰を上げた。

「……重松さん、なにをコソコソ調べてるんですか」

行きつけの定食屋のカウンター席に並んで座り、いつものように二人で昼食を取っていたところ、畑中が不意をつくように告げた。

一瞬、どきりとしたが、顔には出さなかった。「何の話だよ」と重松はしらばっくれてみたものの、何の話かはわかっている。

岩佐の件を調べるために、最近は理由もなく離席している時間が増えていた。さすがに畑中も勘づいたのだろう。重松がなにかを単独で調べていることに。これ以上しらを切り通すことは難しそうだ。

「教えないんだったら、課長に本当のこと話します」

畑中は恨みがましく言う。

「まったく、こっちの身にもなってくださいよ。毎回毎回、言い訳するの大変なんですからね」

そう言われると、申し訳ない気分になってしまう。「重松はどこだ」と一課の課長に訊かれる度に、畑中は「トイレです」だの「飯を食いに行ってます」だのと適当に理由をつけて誤魔化してくれていたようだ。

「まあ、そのことについては感謝してるよ。だけどな、お前に話すわけにはいかないんだ。知らない方がいいこともあるだろ」

ヤバいことに巻き込みかねない、と重松が警告すると、畑中は「構いません」と胸を張った。

「俺だって、刑事課の人間ですよ。常日頃から危険は覚悟してます」

重松は観念した。逆の立場だったら、自分だって隠さず正直に話してほしいと思うだろう。

定食を平らげてから、二人は場所を移動した。警察関係者も多いあの店の中では話せない内容だった。駐車場に停めている覆面パトカーに乗り込む。

助手席に畑中が座ったところで、
と、重松は口を開いた。

「俺が調べてるのは、岩佐のことだ」

「岩佐って」畑中が目を丸める。「こないだ死んだ、あの？」

「ああ。だが、どうやらあれはただの火事じゃないらしい。岩佐は大量の睡眠薬を服用していた。解剖した先生が話してくれたよ」

「薬を飲んで焼身自殺を図った、ってことですか？」

「最初は俺もそう思った。だが、それも違うようだ。岩佐は死亡した次の日に、誰かと会う約束をしていたらしい。死ぬ前に電話で話しているのを、警備会社の同僚が聞いている」

「だとすると……」畑中の顔色が変わる。「他殺、ですか」

「その可能性が出てくる。もちろん当初の見立て通り、不運な事故だという線が消えたわけじゃないが」

重松は懐から紙を取り出し、畑中に渡した。今朝、榎田に調べてもらった情報だ。

「岩佐が契約していた端末の通話記録だ。ここ数か月、発信も着信もほとんどが会社の固定電話だった。だが、一件だけ。岩佐が最後に電話した相手は、個人の携帯番号だ。契約者の名前は、藤牧和彦（ふじまきかずひこ）」

「藤牧って、まさか――」

その名前に、畑中が目を見開く。

驚くのも無理はないだろう。

「ああ、そうだ」重松は頷き、低い声で告げた。「うちの署の組対一課の、藤牧警部補だ」

通話記録の時間帯からみても、岩佐が会う約束をしていた相手は藤牧で間違いないだろう。

藤牧は岩佐と同じ組織犯罪対策課の所属で、元同僚だった。今更になって、いったいどんな用件があったというのだろうか。

さすがに畑中も嫌な予感を覚えたようだ。少し怖じ気づいている。「……なんかヤバくないですか、これって」

「だから言っただろうが、お前は知らない方がいいって」

重松は呆れ顔でため息をついた。

「今なら引き返せるぞ。聞かなかったことにして、俺の話は全部忘れろ」

「それは嫌です」

頑固な奴だ。まったく、と重松は苦笑した。

そのとき、着信を知らせる振動が聞こえてきた。畑中の端末からだ。相手は上司らしい。電話に出ると、畑中の表情が強張った。「わかりました、今から重松さんと向かいます」と告げ、終話する。

「どうした？」

「事件です。博多埠頭の倉庫に死体があると、通報があったようで」

重松はすぐに車のエンジンをかけた。

榎田から連絡があったのは、それから一時間後のことだった。

少年AもBも（もちろんCも）、事件後に身元を特定され、ネットに個人情報が晒されている。同じ学校に通う生徒から情報が洩れたようで、一時期炎上騒ぎになっていたらしい。ここまでは、ジローから聞いた話と同じだ。

虐めの主犯のひとり――少年Bこと深堀は、現在十七歳。元々通っていた中学の校区からは離れ、今は中央区のアパートに住んでいるという。炎上騒ぎをきっかけに母親の旧姓に名字を変え、中学を卒業してからは進学も就職もせず、ろくでもない仲間とつるんでいるようだ。おまけに何度か警察に逮捕されている。榎田から送られてきた調査報告のメールには、深堀の前科歴が事細かに記されていた。

「アウトだろ、アウト」

と、ミニクーパーの助手席に座る林は面倒くさそうに言った。

「どう考えても、更生してるわけがねえよ。こいつ、今は無職だぞ？　おまけに前科もある。暴行に詐欺に薬物所持。スリーアウト、チェンジ」

過去の過ちを少しでも悔いる気持ちがあるのなら、今頃は真っ当な仕事に就いて真面目に生きているはずだ。ところが深堀は例の事件後、三度も警察の世話になっていた。心から反省しているとは考えにくい。

「さっさと拉致して、復讐屋に引き渡そうぜ」

「まあまあ」と、馬場は苦笑している。「とりあえず、言われた通りに調べてみらなね」

「めんどくせえなあ」

しばらく進むと、古いアパートが見えてきた。道を挟んで反対側のコインパーキングにミニクーパーを駐車し、一階にある少年Bの自宅を見張る。馬場が双眼鏡を構えた。ベランダの窓、カーテンの隙間から中を覗き見ようと試みる。

「どうだ？　見えるか？」

と、林は尋ねた。

馬場が頷く。「中におるよ。テレビ観ながら寝とる」

「平日の朝っぱらからダラダラと……いい気なもんだぜ」

こっちはお前のせいで、こんな狭い場所で張り込みを続けないといけないというのに。やり場のない苛立ちが沸き上がってきた。

「それにしても」ふと気になった。「こいつ、どうやって金稼いでんだ？　働きもしないで」

「羽振りは良さそうやねえ。女の人に貢がせとるんやない？」

「だとしたら、どこまでもクズな奴だな。一刻も早く死んだ方がいい。こいつのために使われる地球上の酸素が無駄だ」

林は顔をしかめ、ため息をついた。

「俺も寝るから、動きがあったら起こせよ」

見張りを馬場に任せ、助手席のシートを倒そうとした、そのときだった。あっ、と馬場が声をあげた。

「どうした？」

「誰か来たごたぁ」

「誰だよ」

「わからん」

「はあ？」

「友達やなさそうやね。業者の人かいな？　でも、なんかようすが変ばい」

「貸せ」

双眼鏡を奪い取り、今度は林がレンズを覗き込む。

見えたのは、二つの人影。黒い作業着を着た二人組が部屋の中に押し入るところだった。穏やかじゃない雰囲気だ。二人とも帽子とマスクで顔を隠している。どちらも背が高く、ひとりは痩せ型で、もうひとりはがっちりしている。

次の瞬間、男のひとりが深堀を殴り、気絶させた。もうひとりは部屋を荒らしている。金目のものを漁(あさ)っているのだろうか。

林はぎょっとした。「おい、襲われてるぞ」

「どういうこと？」

「知るかよ、強盗だろ」

ただの押し込み強盗かと思ったが、目的は金品だけではなさそうだ。気を失っている深堀の体を、強盗犯の片割れが肩に担ぎ上げた。どうやら、このまま拉致するつもりらしい。

「深堀もヤバそうだ」

冗談じゃねえ、と林は舌打ちした。

——あいつは俺らの獲物だ。奪われてたまるか。

「行くぞ」

ドアに手をかけると、馬場が止めに入った。「待って、リンちゃん」

「なんだよ」

「深堀に顔見られたらマズいばい。どうせ車で逃げるやろうけん、このまま追跡しよう」

馬場はエンジンをかけ、ハンドルを握った。

「んなこと言ってる場合じゃねえだろ」林は構うことなく車のドアを開けた。「それに、気絶してるから顔は見られねえよ」

馬場は林に従い、エンジンを切った。車を降りて道を渡り、アパートの表側へと急ぐ。

深堀の部屋は102号室だ。鍵は開いていた。ドアを開け、中に飛び込む。玄関で男二人と鉢合わせした。連中はちょうど深堀を外に運び出そうとしていた。

「……誰だ、テメェら」

林は低い声で尋ねた。場合によってはここで一戦交えることになりそうだ。得物のナイフピストルに手を伸ばす。

「そいつをどうする気だ」

睨みつけ、威嚇する。

すると、男は林に向かって片手をかざした。

「ちょ、待て待て、俺だよ俺」

聞き覚えのあるその声に、林も思わず臨戦態勢を解いてしまった。

「……は？」

まさか、と思った。

マスクを下げた男の顔が露(あらわ)になる。

二人組の暴漢。その片割れの正体は、仲間のホセ・マルティネスだった。

林は視線を移した。「じゃあ、そっちの奴は――」

「アタシ」

もう片方の男は、ジローだ。

「……どういうこと？」

どうして復讐屋が、深堀の家に押し込み強盗を？

なにがなんだか、さっぱりわからない。馬場と林は顔を見合わせて首を捻った。

「とりあえず、状況を整理したいところだけど……」ジローが肩をすくめた。「その前に、この男運ぶの手伝ってくれない？」

4 回表

翌日、マツイは学校に来ていなかった。

オオタが何度も連絡を入れていたが、いつまで経(た)ってもメッセージは既読にならないようだ。

マツイが学校を休んだ理由は、なんとなく察していた。清掃員への悪戯だ。タカハシは女子の体操服を清掃員の鞄に仕込むよう、マツイに命じていた。おそらく、あいつはやり遂げられなかったのだろう。途中でビビって尻尾を巻いて逃げたのだ。だから、自分と顔を合わせ辛くて、欠席した。どうせそんなところだろうな、とタカハシは内心嘲笑(あざわら)っていた。

マツイは使えない奴だ。たいした面白味もないし、付き合うメリットもない。そろそろあいつも切るか。次の標的にしてやってもよさそうだ。まあ、あいつをどうこうしたところで何の刺激も得られそうにないが。

タカハシたちはその日もろくに授業に出なかった。昼休みになり、いつものように旧体育倉庫の中で煙草を吹かしていると、

「——あ、マツからだ」

ふと、オオタが声をあげた。左手にコンビニで買ったおにぎり、右手にスマートフォンを持っている。マツイから連絡が返ってきたらしく、内容を確認しようと片手で端末を操作している。

「あいつ、なんか動画送ってきやがった」

「何の動画？」

「さあ」

どうせエロ動画だろ、と笑いながら、オオタが動画を再生する。

「え——」

次の瞬間、オオタは硬直した。

「うわっ」唐突に悲鳴をあげ、目を大きく見開いている。「な、なんだよ、これ」

オオタはまじまじと画面を見つめた。その顔がみるみるうちに青ざめていく。

いったいどうしたのだろうか。不審に思い、「見せろ」とタカハシは横から端末を覗き込んだ。

「……は？　なんこれ」

　呟き、画面を睨みつける。

　その動画にはマツイらしき人物が映っていた。学ラン姿で、椅子のようなものに座っている――いや、縛り付けられている。紐(ひも)状のもので胴体と足を拘束されている。

　場所は、どこかの倉庫のようだった。

　マツイの顔面は腫れ上がり、鼻血を流していた。何度も殴られたようだった。泣いているのか、しゃくり上げるような声が聞こえてきた。

　タカハシとオオタは無言で画面を見つめた。

　しばらくして、動画に動きがあった。誰かの腕が画面の左端に現れた。男の右腕のようだが、その手には黒い塊が握られている。

　拳銃だ。

　隣でオオタが「嘘(うそ)だろ」と声をあげた。恐怖心が芽生え、スマートフォンを握る手が震えはじめる。

「おい、マジでやべえって……」

　銃口がマツイの頭に向けられた。マツイは涙を流しながら『やめて』『助けて』と懇願している。

『全部、タカハシの命令だったんです……タカハシが、先生に注意されて、ムカついて、あいつ辞めさせようぜって言い出して』

マツイが泣きながら言葉を紡ぐ。

『最初は、授業を妨害したり、ボイコットしたりして……でも、そのうち、もっと嫌がることとしてやろうって、タカハシが言って……あの先生を呼び出して、体育倉庫に連れ込んで――』

男が引き金に指をかけた。

マツイの表情に絶望の色が浮かぶ。勢いよく首を左右に振っている。

『俺はやってません！　本当です！　ただの撮影係だったんです！　先生をレイプしたのは、タカハシとオオタで――』

拳銃を握る男に向かって、マツイは必死に訴えた。

『まだ未成年だから、罪には問われないって……もし捕まっても、警察にコネがあるから大丈夫だって、タカハシが言うから――』

直後、銃声が轟いた。

最初の一発はマツイの足に。同時に耳障りな悲鳴があがる。さらに銃声は続き、逆の太腿に一発。腹部にもう一発。まるで甚振るかのように、じわじわと苦しめるかのように、急所を外している。

マツイは痛みに喘ぎ、痙攣するかのように身を震わせていた。口から血を噴き出しながら、何度も『ごめんなさい』と叫んでいる。

男の姿が動画に映った。黒い服を着ている。カメラに背を向けているので顔は見えなかった。

その男はゆっくりとマツイに近付き、彼のこめかみに銃口を当てた。マツイは強く両目を瞑り、しゃくり上げている。

男が、マツイの耳元でなにかを囁いた。

すると、マツイは恐る恐る頷き、カメラに目線を移した。

『タカハシ、オオタ……』

画面の向こうにいる級友に名前を呼ばれ、二人は息を呑んだ。

『お、お前らのしたことは、すべて知っている』

男の命令通りに言葉を言わされているようだった。マツイがたどたどしく言葉を紡ぐ。

『つ、次は……お前らが、こうなる番だ』

直後、銃声が鳴った。

ひっ、とオオタが情けない声で悲鳴をあげた。

銃口から飛び出した弾丸がマツイの頭を貫いた。血が勢いよく噴き出す。マツイの体は一度大きく撓り、そのまま動かなくなってしまった。

画面越しでもわかった。——死んでいるのだ。

「お、おい、なんだよこれ……う、っ」

吐き気が込み上げたのか、オオタが掌で口を覆った。我慢できず、うえ、とその場に嘔吐している。

悪戯にしては出来過ぎている。真に迫ったあのマツイの表情は、とてもじゃないが演技とは思えなかった。間違いなく、動画の中の出来事は、事実だ。現実に起こったことなのだ。

クラスメイトが、死んだ。殺された。

タカハシは唖然とした。

——次は、お前らがこうなる番だ。

犯人の言葉を代弁するマツイの声が、耳にこびりついて離れない。

「くそ」と、タカハシは吐き捨てた。恐怖と怒りが入り混じった、説明のつかない感情が沸き上がる。

噎せ返り、涙目になって吐いているオオタから、タカハシはスマートフォンをぶんどった。それを思い切り地面に叩きつけ、何度も足で踏み潰す。

粉々になった端末の画面を見下ろし、タカハシは舌打ちした。「……あの馬鹿、べラベラ喋りやがって」

急な呼び出しがあった。
警察組織に身を置く人間には珍しいことではないが、今回の呼び出しは仕事とは別件だ。
箱崎埠頭の一角――ここに到着するまで、東海林はこれ以上ないほど慎重を期して移動した。ヤクザの幹部と組対の課長が頻繁に密会しているなんて知れたら大事である。公安や監察の尾行がないことが確認できるまで、東海林はあえて遠回りしたり、急にUターンしたりと、警戒を怠らなかった。
指定の建物の前に車を停め、待つこと数分。東海林の車のすぐ横に黒塗りの高級車が停車した。東海林が車を降りると、隣の車の運転手も降りてきた。先日の料亭で正座していたあの若い男だった。後部座席のドアを開け、車に入るよう東海林を促している。中では革張りのシートに腰かけた乃万組の幹部が待っている。

東海林が後部座席に乗り込み、ドアが閉まったところで、

「……先日、うちの裏カジノに強盗が入りましてね」

開口一番、幹部の男はそんなことを言い出した。「それは災難でしたね」と東海林は相槌（あいづち）をうつ。

「あえてハロウィンの日を狙ったようです。イベントの混雑に乗じて犯行に及ぶ計画だったのでしょう。犯人は三人組のグループでした。取り逃がしてしまいましたが、幸い売り上げはほぼ無事だったようで」

「犯人に心当たりは？」

東海林が尋ねると、男は首を捻った。

「さあ、どうでしょうね。うちも商売柄、敵は多いですから。特定するのは厳しいかと。それに、身内が関わっている可能性もある。人を雇って情報を流し、店の金を盗ませようとしたかもしれません」

幹部の男は「疑いはじめると、キリがありませんね」と肩をすくめた。

「……それで、今日はどういったご用件で？」東海林は本題に入った。「その犯人を

我々に捕まえてくれ、ということでしょうか？」

「いえいえ、これは単なる世間話ですよ」

男は一笑した。

「今日は渡したいものがありましてね。東海林さんの情報通り、例の祇園の事務所にガサが入りました」

先日の料亭での会食の際に、東海林はこの男に情報を流していた。次にガサ入れのある日程と場所を。今回だけではない。東海林はこれまでに何度も捜査状況を漏洩させ、その見返りを得ていた。そんなことはつゆ知らず、組対二課は空振りを続けている。

「あなたのおかげで事なきを得た。これは、ほんの御礼です」

と言って、男が紙袋を手渡す。

東海林は中を覗き込んだ。一見、ごく普通の菓子折りのようだが、箱の中身は菓子ではなく札束だろう。いつも通りだ。

「今後とも、よろしくお願いしますね」

「ええ」

話を切り上げ、東海林は車を降りた。入れ替わりにヤクザの若衆が運転席に乗り込む。走り去る高級車を見送った直後、東海林は懐から煙草を取り出した。ここで一服してから帰ることにした。念のためもう一度辺りを見渡したが、人の気配はない。火をつけようと煙草を口に咥えたところで、仕事用の携帯端末が鳴った。部下からの着信だった。

通話に切り替えた途端、

『課長、大変です、死体が――』

取り乱した部下の声が聞こえてきた。ただ事ではなさそうだ。「どうした」と眉をひそめる。

『藤牧が、死体で見つかりました』

藤牧――その名前に、はっと息を呑む。なんだと、と呟き、咥えていた煙草が地面に落ちた。

4 回裏

現場に到着したときには、すでに警察車両が数台停まっていた。捜査員が慌ただしく行き来している。倉庫の周辺には黄色のバリケードテープが張られ、制服警官が人の出入りを鋭い目つきで見張っていた。

手袋をはめながら、重松と畑中はテープの内側に立ち入った。空き倉庫の中に死体が横たわっている。手を合わせてからシートをめくり上げ、重松は死体の顔を確認した。男だった。見覚えのあるその顔に思わず声をあげそうになる。隣にいた畑中は「あっ」と声をあげていた。

「ふ、藤牧さん……」

死体となって発見されたのは、同じ署に勤める刑事、藤牧和彦だ。組織犯罪対策一課の警部補である。

重松は仕事用の端末を取り出し、死体の写真を複数枚撮影した。それにしても痛々しい姿だ。手足を縛られ、暴行された痕が残っている。死体を撮影することには慣れているが、その骸（むくろ）が同じ組織の人間となると、いつも以上にいい気はしなかった。

死体を発見したのは建物の管理会社の人間だそうだ。定期点検のためにこの場所を訪れた際に、倉庫の端に男が倒れているのを見つけたという。

鑑識の話では少なくとも死後二日は経っている、とのことだ。所持していた携帯端末の記録を調べたところ、最後の通話は四日前だった。藤牧は着信に出ている。相手はおそらく岩佐だろう。それ以降は一切、発着信の記録がない。殺された正確な時刻はまだわからないが、藤牧の携帯端末に残されたやり取りと照らし合わせても、三、四日前にはすでに死亡していたと考えるのが妥当だ。

藤牧は溜（た）まりに溜まった有給を消化するために三日前から休暇を取っていて、今日の午後に出勤する予定だったそうだ。誰も彼の死に気付かなかったのは無理もないだろう。

現場検証があらかた終わったところで、重松は畑中を連れて倉庫を出た。バリケードテープを潜った瞬間、入れ違いにひとりの男が現場に足を踏み入れた。組対一課の課長、東海林だ。重松は無言で頭を下げた。

東海林は一目散に遺体の元へと向かっていた。部下の訃報を聞いて飛んできたのだろう。

「東海林課長もショックでしょうね」その後ろ姿を目で追いながら、畑中が気の毒そうに言った。「部下があんな姿で発見されて……」

「そうだな」

重松は助手席に乗り込んだ。運転席には畑中が座る。

二人きりになったところで、

「……藤牧が、岩佐を殺したわけじゃないのか」

と、重松は独り言のように呟いた。

畑中がこちらを見た。「もしかして、藤牧さんを疑ってました?」

「状況が状況だからな」

「ですよね」

岩佐が死ぬ直前に連絡していた相手は藤牧だ。二人の間に何らかのトラブルがあったのではと睨んでいたが、その仮説にはいくつかの疑問が残る。もし仮に藤牧が岩佐を殺すつもりだったとしたら、会う約束をしていた日ではなく、わざわざその前日に焼死させた理由も不可解だ。岩佐の通話履歴を調べれば、藤牧と岩佐が連絡を取り合っていたことはすぐに判明する。自分が疑われるのを防ぐために約束の前日に襲ったのか？　……いや、だとしたら、最初から記録の残る連絡手段を取るはずがない。刑事ならそれくらいは気をつけるはずだ。

正確な死亡推定時刻がわかるまではあくまで想像に過ぎないが、岩佐が焼死したときにはすでに藤牧は殺されていた可能性もある。どちらにしろ二人が約束の日に会うことは叶わなかったのかもしれない。

重松は端末を取り出し、撮影した写真を確認した。藤牧の遺体には拷問されたような痕跡がある。これは普通の死体じゃない。犯人は――単独ではなく、複数による犯行かもしれないが――暴力に慣れている人間だろう。ヤクザや殺し屋、拷問師のような、プロによる犯行の匂いがする。

藤牧は組対の刑事だ。反社会的勢力を相手にしていることもあり、危険は付き物だった。ヤクザに逆恨みされることだって少なくない。連中に命を狙われることも無きにしも非ずだろう。

「ヤクザ絡みの事件だとしたら、藤牧さんと岩佐さんは、同じ人物に殺されたってことも考えられますよね」

畑中の言う通りだった。重松は頷いた。「ああ、その可能性もある」

岩佐は、藤牧の元同僚だ。二人に共通の敵がいたという線は十分に考えられる。

たとえば、と想像する。組対が過去に担当した事件で、逮捕した組織が報復のために捜査員の藤牧を殺した。そして連中は、当時同じ事件を担当していた岩佐も焼き殺した――そう考えれば辻褄は合う。不祥事を起こしてクビになったとはいえ、元同僚のよしみだ。岩佐は危険を知らせるために藤牧に連絡を寄越したのかもしれない。となると、通話記録の理由もつく。

「畑中」重松は後輩に命じた。「お前は署に戻って、過去に岩佐と藤牧の二人が担当していた事件を洗ってくれ。なにか犯人の手がかりが掴めるかもしれない」

「わかりました。重松さんはどちらに？」

「聞き込みしてくる。その辺で適当に降ろしてくれ」

畑中は頷き、アクセルを踏み込んだ。

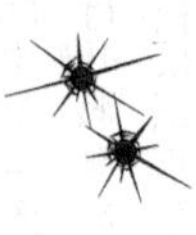

林と馬場はアパートの前に駐車していた復讐屋の車に乗り込んだ。後ろのラゲッジには手足を拘束され、目隠しをされた深堀が荷物のように乱雑に積まれている。

運転席に座るマルティネスがエンジンをかけた。とりあえず現場を離れ、適当に車を流すつもりらしい。

　車を発進させたところで、林は本題に入った。自分たちがこの深堀を監視していた理由——深堀が例の日記に登場する少年Bだったことを報告すると、助手席に座るジローは驚いていた。

「——それで？」と、馬場が身を乗り出す。「ジローとマルさんは、なんでこいつの家に？」

　いったいどういう流れで同じ獲物を追う展開になってしまったのか。ジローがその経緯を説明する。

「前に話したでしょ？　ある女性からの依頼が長引いてるって。その依頼人には交際相手の男がいて、近いうちに結婚しようって言われてたんだけど」

　だが、それは甘言に過ぎなかった。ジローが眉根を寄せた。

「酷い男だったのよ、それが」

　依頼人はそのうち妊娠した。ずっと子どもが欲しかったし、これで結婚してもらえると思って喜んだという。

　だが、その男は結婚するつもりなど微塵もなかった。日本で認可の下りていない中絶薬を海外のサイトで購入し、「ビタミン剤だ」と騙して女性に飲ませた。女性が流産するや否や、男は音信不通になった。

「その男の身元を調べてみたら、なんと十七歳の未成年だったの」

優秀な情報屋からの情報により、二十三歳のコンサル会社勤務だと自称していた男の正体が、十七歳中卒無職の少年だったことが判明した。おまけにその男は、他にも数人の女性と関係を持って小遣いをもらい、今も半ばヒモのような生活をしているという。依頼人とはただの遊びだったわけだ。

年齢を偽っていたとはいえ、未成年と関係を持ってしまったことは事実だ。たとえ正体がバレたとしても、年齢を盾にして強気に出れば相手は泣き寝入りするしかないだろう。

「絵に描いたようなクズ男だな」

と、林は顔をしかめた。

「……十七歳？」

馬場がはっと気付いた。

「もしかして、その標的って」

「そう」ジローが振り返り、後ろに視線を向ける。「そこにいる、深堀よ」

依頼人は身ごもった大事な子どもを奪われた。深堀は彼女を甘い言葉で騙し、金をむしり取った。その復讐にがっぽりと慰謝料をふんだくってやるつもりで、ジローたちは深堀のアパートに強盗に入ったというわけか。

「まさかこの男が少年Bだったなんて、びっくりよねえ」

少年Bこと深堀は中学の頃、同級生を海で溺死させている。となると、押し込み強盗くらいでは許されない。また別のお仕置きが必要になるだろう。

「名字を変えてたから気付かなかったな」

と、マルティネスが苦笑した。

復讐屋の標的にまつわる資料は、ハロウィンパーティの日に榎田から渡されたらしい。ジローへの誕生日プレゼントとして。

林が車のシートにふんぞり返り、舌打ちする。「あのキノコ、性格が悪いぜ。知ってて黙ってただろ、絶対」

榎田は一方で、少年Bについての最低限の個人情報を馬場と林に伝えていた。三件の前科の記録と現住所と顔写真。他はなにも知らされていない。もちろん、深堀が復讐屋の標的であることも、だ。これには作為的なものを感じてしまう。

「どうせ」林は鼻で笑った。「どっかの監視カメラをハッキングして、俺らがバッティングするのをニヤニヤしながら見てたんだろうな」

マルティネスが頷く。「あいつならあり得るな」

あの捻くれた男のことだ、あえて黙っていたとしか思えない。一言文句を言ってやりたいところだが、「必要な情報だけを渡した」と言われたらその通りなので、なにも言い返せない。

「深堀の身柄は、このままウチで預かるわ」

「しっかり懲らしめてやらねえとな」

復讐屋は拘束した深堀を箱崎埠頭に連れていくという。あの埠頭には彼らが所有する拷問用の倉庫がある。後のことは二人に任せることにした。

馬場のミニクーパーはコインパーキングに置いてきたままだ。「駐車場まで送ってやる」と、マルティネスがハンドルを切った。

博多駅で車を降りた重松の頭に、もしかしたら、と考えが過った。藤牧を殺した奴がプロだとしたら、犯人は自分の仲間の中にいるかもしれない。
草野球チームのグループチャットに藤牧の写真を送信し、全員に『誰かコイツ殺し

た？』と一括で質問すれば早いのだが、さすがに警察仲間の死体画像を端末の記録に残すのは気が引けた。重松はチームメイトを尋ね回り、確認することにした。

まずは復讐屋のジローに電話をした。仕事中のようで、忙しそうだった。藤牧という刑事に復讐をしなかったかと尋ねると、ジローは否定した。

次に電話をかけた相手は佐伯だ。確認すると、佐伯もやはり否定した。ここ最近では「顔を変えたい」という男は来たが、死体の処分を頼みにきた客はいない、とのことだった。

次は、あの二人か。

電話をかけようとしたが、やめた。喉が渇いたな、と思う。どこかカフェに入ってコーヒーでも飲みながら少し休憩したいところだったが、どの店も人が多くて断念せざるを得なかった。

仕方なく重松は筑紫口を出て、しばらく歩いた。見慣れた雑居ビルに到着し、馬場探偵事務所のドアを開ける。中には二人の姿があった。馬場と林はデスク付近で顔を突き合わせ、なにかの資料を眺めているところだった。

「あ、重松さん」

馬場が視線をこちらに向けた。

「どうしたと？」

「ちょっと、コーヒーが飲みたくなってな」

という重松の言葉に、林が「はあ？」と眉をひそめる。

「うちは喫茶店じゃねえぞ」

「まあまあ、そう言うなよ。用事があって寄ったんだ。お前らに訊きたいことがあってな」

重松は勝手に応接用のソファに腰を下ろした。文句を言いながらも林はコーヒーを出してくれた。

ふと、重松は一年前、ここで初めて林に会ったときのことを思い出した。あのときはまるで手負いの獣のような、少しでも手を伸ばすと引っかかれそうな警戒心丸出しの顔つきだったが、ずいぶん丸くなったものだな、と思う。

過去の思い出に浸るのはそれくらいにして、重松は本題に入った。懐から端末を取り出し、

「確認したい。正直に答えてくれ」

と、二人に向かって画面を見せる。

「お前らの仕業か？」

藤牧の死体の画像を、二人はまじまじと見つめた。

「いや、違うばい」

「俺も殺ってねえけど」

馬場も林も揃って首を振った。

「誰なんだよ、そいつ」

と、林が向かいの椅子に座りながら尋ねた。

「組対の刑事だ。今日、死体で見つかった。薬を扱ってるヤクザが報復で殺したのかと思ったんだが……」

「それで、俺たちに確認を？」

「ヤクザからの仕事を引き受けてないかと」

馬場も林もシロか。ほっとしたような、残念なような。そんな相反する感情を抱いていることに、重松は気付いた。

――どうやら自分は、この犯行がプロによるものであってほしいと願っているらしい。

その理由は、なんとなくわかっている。自分の頭の中に、この事件の最悪のシナリオが浮かんでいるからだ。こんな風に仲間に聞き込みして回っても無意味だということも、心のどこかで気付いている。

するると、林が思いついたように言った。

「薬物関係のことなら、マルに訊けばいいんじゃね？」

「マル？」

どうしてマルティネスが、と重松は首を捻る。

そうやね、と馬場が同意した。説明を付け加える。「マルさんの友達に、麻薬組織に詳しい人がおるとよ。なにか知っとるかもしれん」

それは初耳だ。

「そうか。あとで電話してみるよ」

「……お前、大丈夫か？」

不意に、林が真剣な声色で言った。

「この写真の死体、拷問されてんじゃねえか。ヤバい事件なんだろ？　お前も気をつけろよ」

どうやら心配してくれているらしい。本当に丸くなったものだな、と改めて驚いていると、

「……なにニヤついてんだよ」

と、林に睨まれてしまった。

「ちょっとな」重松は首を振り、カップに口をつけた。「美味（うま）いコーヒーを淹れられるようになったなって、感心してたんだよ」

「ただの安いインスタントだぞ。お前の舌、馬鹿なんじゃねえの」

林が悪態をついた。きっと照れ隠しだろう。重松は馬場と顔を見合わせ、口の端を上げた。

さて、用は済んだ。コーヒーを飲み干し、礼を告げて事務所を出たところで、重松はマルティネスに電話をかけた。しばらく呼び出し音が続いてから、相手の男は電話に出た。『おう、どうした』

「ちょっとお前に頼みがあるんだが――」

同時に、電話越しに泣き叫ぶ男の声が聞こえてきた。許してくれ、助けてくれ、殺さないで――そんな言葉を発している。どうやらマルティネスは仕事の真っ最中のようだ。

「取り込み中みたいだな。かけ直そうか？」

と提案したところ、マルティネスは『いや、構わねえよ。今はちょうど休憩時間なんだ』と答えた。

　重松は端的に説明した。まず、藤牧という組対の刑事が死体で発見されたこと。そして、岩佐という元同僚が焼死したこと。その男は押収品を横領し、乃万組の下っ端に麻薬を横流ししていたこと。そのヤクザが警察に出頭し、岩佐の横流しを密告したこと。

「林たちから、お前の友人にその筋に詳しい奴がいると聞いた。情報があれば教えてほしい。もちろん、礼はする」

　重松の頼みに、マルティネスは『わかった、伝えとく』と返し、電話を切った。

5回表

その日、タカハシは理由をつけて学校を早退し、家に帰った。

すぐさま自室に入り、スマートフォンを確認すると、通知が届いていた。メッセージが二件。どちらもマツイからだった。

一瞬、どきりとした。マツイは殺されたはずだ。すでに死んだ人間からの連絡に背筋がぞっとする。

誰の仕業かはわかっている。このメッセージを送信した人物はマツイを殺した犯人だろう。

恐る恐る、画面を開く。

動画が二つ、マツイのアカウントから届いている。そのうちひとつは、先ほどオオタに送られてきたものと、まったく同じ動画だった。椅子に縛り付けられたマツイが脅され、泣きながら例の件について喋っている。タカハシの名前も、過去の悪事もすべて暴露したマツイは、最後にタカハシとオオタに語りかけ、拳銃で撃たれて息絶える。そんな映像だ。

もうひとつは、去年撮られた動画――これにも見覚えがあった。泣き喚く女をオオタと二人で押さえつけ、手足を縛り、口をガムテープで塞ぐ。無理やり服を脱がせて強姦する――あの日の映像だ。

相手の女はクラス担任の教師。この女が、タカハシは気に喰わなかった。早く学校を辞めさせたくて、嫌がらせを続けていた。それがエスカレートした結果が、この日だった。

動画の中の自分は笑っている。愉しそうに。その顔は、はっきりと画面に映っていた。誰が見ても自分だとわかるくらい、鮮明に。

共犯者の懺悔と、過去の蛮行。

その二つの動画は、まるで自分にこう語りかけているように思えた。自分のしたことを後悔しろ、自分の番がくるのを怯えて待っていろ――と。

途端に寒気に襲われる。冗談じゃない、と頭を振った。震える指で操作し、二つの動画を端末から削除する。

タカハシはすぐに電話をかけた。相手は叔父だ。仕事中だろうが、知ったことではない。

『どうしたんだ、急に電話してくるなんて』

忙しいのだろう。電話に出た叔父は早口だった。甥からの連絡を歓迎しているようには思えない声色だった。

「叔父さん、ヤバいことになった」タカハシは小声で告げる。「……マツイが、殺されたっぽい」

『マツイって、お前の同級生の？』

「うん」

『ちょっと待ってろ、場所を移す』

人のいない場所に移動するようだ。タカハシは叔父の言葉を無言で待った。

しばらくして、叔父が声を潜めて言う。『本当なのか、それは』

「間違いないと思う。動画が送られてきたんだ。拉致られたマツイが、銃で撃たれて死んでた」

『今すぐ警察に行け。その動画を見せるんだ』

「は？　あんなの見せられるわけないだろ。動画はもう消したよ。マツイの奴、全部吐いてたんだ。俺らが、あの教師にしたこと」

動画の中で、マツイははっきりと「レイプした」と言っていた。あの動画を見られたら、自分の過去の罪が知れ渡ってしまう。そうなったら、困るのは自分だけじゃない。叔父も同じだろう。自分を見捨てるわけにはいかないはずだ。

「次はお前の番だって言ってた。たぶん、あいつの仕業だ。あいつが俺らに復讐してるんだ」

『なにを言ってるんだ』叔父は笑い飛ばし、否定した。『あいつはもう死んでる。ニュースを調べてみろ』

「じゃあ、誰がやったんだよ」タカハシは語気を強めた。「あの男じゃないなら、誰があんなこと……」

『さあな。それはわからん。お前の担任の友人か、恋人の仕業ということも考えられるだろう』

まるで事件を推理する刑事のような、他人事のように話す叔父の口調が気に喰わなかった。タカハシはかっとなり、「どうにかしろよ！」と叫んだ。

「早く犯人をどうにかして！　誰かに頼んで消してもらってよ！　じゃないと、次は俺が殺されるんだぞ！　大事になったら困るのはあんただろ！」

声を荒らげると、叔父は『わかった』と頷いた。

『家に護衛をつけてやる。しばらく学校は休め。部屋から出るなよ』

電話が切れた。

犯人が、この家に来るかもしれない。まるで誰かに見張られているような恐怖を覚えた。タカハシはカーテンを閉め、部屋の電気を消した。

甥からの電話を切り、東海林はため息をついた。

——毎度毎度、厄介ごとばかりを持ち込んでくる奴だ。

東海林は婿養子だった。義父は元県警の警視長で、孫を溺愛している。あんなクソガキのどこが可愛いのか、未だに理解に苦しむ。

甥が殺されようが、正直どうでもいいことだった。だが、自分の不始末として責められる可能性もある。「お前がいながらどうして守れなかったんだ」と義父の怒りを買えば、出世の道は絶たれてしまうだろう。義父は退職した今でも人事を動かす力を持っている。

甥の同級生のマツイ。部下の藤牧。

二人が死んだ。両者に繋がる人物といえば、どう考えてもあの男しか思い浮かばなかった。甥にはあんな風に否定したが、彼の言葉を笑い飛ばすことができないのも事実だ。

嫌な予感がする。そして、おそらくこの予感は的中しているだろう。そんな気がしている。

そのとき、再び電話がかかってきた。また甥からかと憂鬱な気分になったが、違った。今度は部下からだ。組対一課の警部補。端末の画面には『菊池』の文字が表示されている。

「どうした」

電話に出た東海林に、部下が報告する。『刑事課の人間が、こちらを嗅ぎ回っています』

「本当か？」

『はい』

「誰だ？」

『一課の重松と、畑中です』

重松と畑中。二人の男の顔が頭に浮かぶ。そういえば、例の埠頭の現場ですれ違ったな、と思い出す。

——あいつらが、どうしてうちの課を？

『重松は先日、岩佐の職場を訪れたそうです。同僚に話を聞いていたと。畑中は過去にうちが扱った事件を洗っていました。岩佐についての調書も掘り返しているみたいで』

まずいな、と東海林は顔をしかめた。連中がなにか摑むのも時間の問題だ。「わかった。手を打とう」と東海林は答えた。

『では、失礼します』

部下が電話を切ろうとしたところで、東海林の頭に藤牧の死体の顔が過った。

「待て、菊池」

と、鋭い声で呼び止める。

「極力、単独では行動するな」

という東海林の忠告に、菊池は警戒したような声色になった。『……どういうことです？』

「おそらく、あいつが生きている」

名前を出さなくても誰のことかは通じる。そんな、と菊池は絶句した。

『奴は死んだはずでは？』

「いや、生きているんだ。そうとしか考えられない」

他に説明がつかなかった。死んだあいつが地獄から呪い殺しているというなら、話は別だが。

『ということは、藤牧を殺したのも——』

そのとき、菊池の言葉が唐突に止まった。

不審に思い、東海林は「菊池？」と呼びかける。次の瞬間、電話の向こうから絶叫が聞こえてきた。

「おい、菊池！　どうした！」

誰だお前、やめろ、やめてくれ——菊池がしきりに叫んでいる。誰かに襲われているようだ。

しばらくして、悲鳴が止んだ。くそ、と東海林は舌打ちする。

——遅かったか。

あいつだ。きっと。あいつの仕業に違いない。あの男が、今度は菊池を。

「……岩佐」

過去の部下の名前を、東海林は忌々しげに呟いた。

5回裏

署にはタクシーで戻った。重松は領収書を受け取り、正面の出入り口の前で車を降りた。

中に入ろうとしたところで、

「——あの、すみません」

と、背後から声をかけられた。

「警察の方でしょうか」

振り返ると、女性が立っていた。年齢は三十代後半から四十代くらいだろう。そわそわしていて、落ち着きのない態度だった。

重松が頷くよりも先に、女性は勝手に話を始めた。

「実は、うちの子と連絡が取れないんです。学校から帰ってこなくて……遅くまで遊んでることはあったんですが、次の日になっても帰ってこないことは初めてで、なにか事件に巻き込まれているんじゃないかって……。息子は福岡西高校に通ってる二年生で、名前は松井寛人といいます。自宅は博多区の――」

言葉を畳みかける女性に重松は困惑した。息子を探してくださいと詰め寄られ、思わず後退る。息子が帰ってこなくて心配な気持ちはわかるが、自分がどうこうできることではない。

重松は女性に両手を向け、

「お母さん、どうか落ち着いてください」

と、言葉を返した。

「申し訳ありません、私は刑事課の人間でして……まずは、生活安全課で行方不明者届を出してください。担当の者が対応いたします。息子さんの写真はお持ちでしょうか？」

「ええ、持ってきました」

「生活安全課は二階です」

涙目の母親は数回頷き、言われた通りエレベーターに向かった。

重松も同乗しようとしたところで、電話がかかってきた。先に女性を乗せ、扉が閉まるのを見送ってから、携帯端末を確認する。着信はチームメイトであるホセ・マルティネスからだった。

　エレベーターは二基あるが、今はどちらも上層に向かっている。一階に降りてくるまで時間がかかりそうだ。重松は電話に出た。

「なにかわかったか？」

『ああ。ここ最近、ヤク絡みでの刑事殺しの噂はないってさ。その殺しはヤクザの仕業じゃなさそうだな』

「そうか」

　空振りだったか。

　肩を落とした重松だったが、話はそれだけでは終わらなかった。『ただ』とマルティネスが付け加える。

『ひとつ、面白い話を聞いたぜ』

「……なんだ？」

『乃万組の下っ端ヤクザの話だ。そいつは去年、所轄の刑事を密告した。警察で取り調べを受けて、組織犯罪対策課の捜査員からヤクを横流ししてもらっていたことを証言したんだ』

　重松は声を潜めた。「岩佐のことか」

　その横流しをした張本人が岩佐だ。密告のおかげで悪事が露呈し、彼は懲戒免職になった。

『ああ、そうだ』

　マルティネスが頷く。

『たしかに数年前から、乃万組への警察の横流しはあったらしい。だがな、その下っ端の男は、実は無関係だったんだよ。奴が扱っていたのはドラッグじゃない、拳銃の密造だ』

　重松は目を丸めた。「それは、本当か？」

『間違いないな。俺のダチが潜入させてたスパイからの情報だ』

　その男が横流しに無関係だったとしたら、「岩佐から麻薬を受け取っていた」という男の証言には信憑性（しんぴょうせい）がない。

「まさか、嘘の証言をしたのか？」

『だろうな。見返りにかなりの報酬をもらったらしい』

　ということは、つまり——岩佐は無実で、嵌められたのか？

「その下っ端は今どこにいる？　話を聞きたいんだが」

　上手く証言を引き出せれば、岩佐の無実を証明できるかもしれない。逸る（はやる）気持ちが抑えられなかった。

『いや、無理だ。話は聞けないだろうな』と、マルティネスはため息をついた。『そいつ今、行方不明らしいんだ』

「行方不明？　いつから？」

『たしか、先週からだったかな。急に連絡が取れなくなったせいで武器の取引が滞ってるって、乃万組の連中が話してたってさ』

——行方不明、か。

おそらく誰かに殺されたか、誰かから逃げるために行方を晦ましたか。裏社会の人間には珍しいことじゃない。探し出すのは苦労しそうだ。

『少しは役に立ったか？』

「ああ、ありがとう。助かったよ。友人にもよろしく伝えといてくれ」

『おう。またなにかあったら連絡しろよ』

重松は電話を切った。ちょうど一階に到着したエレベーターに乗り込む。重松の後に続いて、二人組の若い男が同乗した。

二人は重松の前に並んで立ち、コソコソと会話を始めた。

「なあ、聞いたか？　組対の話」

「ああ」もうひとりが頷く。「死体が見つかったって？」

組対と死体。藤牧のことだ。話の続きが気になり、重松は聞き耳を立てた。他に人がいてもお構いなしに、彼らは噂話を続ける。

「それじゃない。さっき組対が話してるのを聞いたんだけどさ、同じ一課の菊池って奴とも、連絡が取れなくなってるらしいぞ」

「それ、本当かよ。どうなってんだ、あの課は」

二人組は三階で降りた。ということは、彼らはおそらく総務課か交通課の人間だろう。

「……どいつもこいつも行方不明か」

独りきりになったエレベーターの中で、重松は肩をすくめて呟いた。

藤牧警部補が死体となって発見された後に、今度は菊池警部補が音信不通。組対一課の人間に次々と問題が起こっている。

何ともきな臭い話だ。

少年Bこと深堀についての調査は思わぬ形で幕を下ろした。馬場と林は次の仕事に移ることにした。

件の日記に登場する主犯格の少年Aは事件後、母親の旧姓である『高橋』に名字を変え、転校している。十七歳となった今は西区に住んでおり、近所にある私立高校に通っているらしい。前科三犯の深堀とは違い、こちらは特に犯罪歴はないという。だからといって改心した証拠にはならないだろうが。

高橋の現住所も榎田が調べてくれていた。閑静な住宅街の一角。二階建ての立派な一軒家だ。

その近くにはコンビニがある。高橋の自宅が見える位置に駐車し、馬場たちは張り込みを始めた。家の中から高橋が出てきたところで尾行に移る手筈なのだが、一向に動きはない。

そうこうしているうちに日付が変わり、馬場たちは車中泊することになった。翌朝になっても事態は変わらなかった。

「……なかなか出てこんねえ」

双眼鏡を覗き込み、ため息をつく。

昨夜からずっと自宅を監視しているが、高校生らしき人物が部屋から出てくることは一度もなかった。とっくに授業が始まっている時間だというのに。学校をサボるつもりだろうか。

コンビニで買ったコーヒーに口をつけたところ、

「おい、なんか来たぞ」

隣で林が言った。窓の外を指差している。見れば、標的の家の前に一台の車が停まるところだった。

馬場は再び双眼鏡のレンズを覗き、確認した。『㈱TKセキュリティサービス』と書かれたワゴン車が見える。車の中から数人の男が出てきた。全員が警備員風の制服を身に着けている。

「警備会社みたいやね」

「まさか、俺らが見張ってるってバレてんじゃないよな」

と、林が眉根を寄せて言う。

「まさか」と馬場は返した。たとえ張り込みがバレたとしても、馬場たちはただの探偵事務所の調査員だ。わざわざ警備会社を呼ぶほどのこととは思えない。

だが、引っかかるのも事実だ。家の中に引きこもっている標的に加え、突然現れたガードマン連中。まるで誰かがこの家に押し入り、高橋少年に危害を加えるかもしれない——そんなシチュエーションを想定しているかのように思えてならない。

「この調子やと、しばらく動きはなさそうやね」

長期戦になりそうだ。面白くねえなぁ、と林が声をあげた。

理由はどうあれ、標的は警戒を強めているようだ。このままでは一向に素行調査が進みそうにない。困ったな、と馬場は眉を下げた。復讐屋への報告書に、「家の中から出てこなかったので、標的が心を入れ替えたかどうかわかりませんでした」などと書くわけにはいかないだろう。

すると、

「お前はこのまま見張ってろ」

と、林が助手席のドアを開けた。車を降りようとしている。

「どこ行くと？」

「あいつの高校で聞き込みしてくる。同級生なら、あいつが今どんな奴か知ってるだろ」

林はじっとしているのが苦手だ。止めても無駄だとわかっているので、好きにさせておくことにした。

「事案にならんごつ気をつけりぃよ」

忠告すると、林が鼻で笑った。「お前の下手な潜入と一緒にすんな」

「――重松さん、ちょっといいですか」

刑事課のフロアに到着し、自分の席に腰を下ろした瞬間、隣のデスクの畑中に声をかけられた。

ちょうどいい。自分も彼に話がある。重松は頷き、立ち上がった。二人で場所を移動する。誰もいない小さな会議室に入り、ドアを閉めたところで、

「本当か」と、重松は尋ねた。「菊池が行方不明って」

先刻、エレベーターの中で耳にした噂話が気になっていた。

その真偽を尋ねると、畑中は頷いた。「そのようですね。今朝から組対が騒いでいます」

長机の上に腰を下ろし、

「ある筋から手に入れた情報なんだが」と、重松はマルティネスから聞いた話を報告する。「岩佐の横流しは、でっち上げだったかもしれない」

おそらく、例のヤクザはただ金で雇われただけだ。警察の聴取で嘘の証言をさせるために。岩佐を嵌めた黒幕は、そのヤクザを雇った奴か。

「あのヤクザが手掛けていた商売は、麻薬じゃない。拳銃だったんだ。岩佐からヤクを受け取ってはいなかった」

という話に、畑中は驚いてはいなかった。

「それが事実だとしたら、辻褄が合います」

彼は頷き、持っていたファイルから紙の束を取り出した。それらを机の上に広げていく。組織犯罪対策一課にまつわる資料のコピーのようだ。

「岩佐さんを密告したヤクザの取り調べをしたのは、藤牧さんと菊池さんです。調書に名前がありました」

「なるほど」

二人が書き残した書類に、重松は目を通した。報告書によると、そのヤクザが岩佐から麻薬を流してもらっていると証言し、すぐに調べてみたところ、岩佐の自宅と荷物から薬物が発見されたようだ。お誂え向きの展開だ。

「藤牧と菊池が、ヤクザとグルになって岩佐を嵌めたのか」

「岩佐さんが処分されたのちの昇任試験で、藤牧さんと菊池さんは揃って合格しています。二人は過去に二度、試験に落ちてる」

「それは、相当勉強を頑張ったんだな」重松は失笑した。「……と言ってやりたいところだが、怪しく思えてならん」

「岩佐さんに横流しの罪を着せた見返りに、菊池さんと藤牧さんが昇任できたのだとしたら……二人に指示をした黒幕がいるでしょうね」

虚偽の証言をしたヤクザも、組対一課の菊池も行方不明。藤牧は殺された。まるで自分を陥れた連中に、岩佐が復讐しているかのようだ。

これは亡霊の仕業じゃない。岩佐の呪いでも何でもない。彼が自身の手で裁きを下しているとしか思えなかった。

「……岩佐は」

重松は低い声で告げる。

「岩佐は、生きてるのかもしれない」

その確信は強まるばかりだった。状況証拠のすべてが、岩佐智弘の生存を示唆している。

「それじゃ、あの焼死体は？」

「あれは別人の遺体だろう。検視官や解剖医を味方につければ、簡単に死を偽装できる」

もしかしたら、解剖医の平野先生も共犯だったのかもしれない。岩佐は元々警察の人間だ。解雇されたとはいえ、コネは十分にもっている。

「もし本当に岩佐さんが生きているとしたら、菊池さんもすでに殺されている可能性が高いですね」

「ああ」

藤牧の死体には拷問されたような痕があった。岩佐が横流しの真相を吐かせるために藤牧を痛めつけたとしたら、菊池の関与についてもすでに知っているはずだ。生かしておくとは思えない。

「でっち上げに加担した、行方不明のヤクザもな。もしかしたら、岩佐のアパートで死んでいた黒焦げの男が、そいつだったのかもしれない。岩佐がそいつに睡眠薬を飲ませて眠らせ、自宅で焼き殺したとも考えられる」

——だが、いったいなぜだ？

肝心のことがわからない。

「どうして、岩佐は嵌められたんだ？」

岩佐でなければならなかったのか、それとも、スケープゴートにできるなら誰でもよかったのか。

前者だとしたら。どうして岩佐が選ばれたのだろうか。あいつがいったいなにをしたというのか。岩佐は正義感の強い、真面目で優秀な刑事だったはずだ。同僚にも好かれていて、心優しく、妹思いの——。

「……妹」

呟き、重松ははっとした。

畑中が用意した紙の束を漁る。その中に、岩佐についての資料を見つけた。横流しが発覚した後、監察官が作成した報告書だ。岩佐本人だけでなく、彼の家族についても事細かに調べ上げられている。

岩佐唯子——高校教師。私立福岡西高校勤務。自宅マンションから飛び降り自殺を図り、死亡している。

妹について書かれたその一文に、重松はぴんときた。

「西高……」

その名前は、つい今しがた耳にしたばかりだった。

『うちの子と連絡が取れないんです』

先刻のあの女性の言葉が頭を過る。署の入り口で重松に声をかけてきた、高校生の母親。

『なにか事件に巻き込まれているんじゃないかって……。息子は福岡西高校に通ってる二年生で、名前は松井寛人といいます。自宅は博多区の――』

岩佐の妹が勤めていた高校の生徒も行方不明になっている。これが単なる偶然だとは、重松には思えなかった。

高校生の松井寛人。組対一課の菊池。乃万組のヤクザ――もし、この三つの行方不明事件が、実はひとつに繋がっていたとしたら。

嫌な予感がする。勘に頼りすぎるのもよくないが、今はとにかく動くしかない。重松は腰を上げた。

「西高に行くぞ」

6回表

マツイのことはニュースにはなっていなかった。高校生らしき死体が見つかったという話は、テレビにもネットにも見当たらない。それはつまり、例の動画——過去の自身の罪——がまだ世間に流出していないことを意味している。オオタはひとまずほっとしていた。

噂で聞いたが、マツイの母親が大騒ぎして学校に乗り込んできたらしい。とはいえ学校側はどうもしないだろう。どうせ家出だと思われている。素行の悪い生徒が二、三日家に帰ってこなかったくらいで、警察沙汰になるはずもない。捜査はされないはず。死体が見つからない限りは。

まだ大丈夫だ。大丈夫。バレていない。マツイの身になにがあったのかも、俺たちが過去になにをしたのかも。

大丈夫だ——乱れる心を落ち着かせようと、オオタは何度も自分に言い聞かせた。

マツイが死んだことを知っているのは、あの動画を見た自分とタカハシに加えて、タカハシの叔父の三人だけ。今のところ情報が洩れる心配はない。

今日、タカハシは学校を休んでいた。マツイを殺した犯人については、叔父に始末を頼むと言っていた。自分たちは命を狙われている。事が済むまでは学校に来ないつもりだろう。

その日の昼休み。オオタが食堂に向かって歩いていると、男を見かけた。水色の作業着姿。あの清掃員だ。

清掃員は誰かと話をしていた。相手はスーツ姿の二人組だ。

「警察の者ですが、職員室はどちらですか？」

近くを通りかかった際に、そんな言葉が聞こえてきた。

警察――その言葉に、オオタは思わず足を止めそうになった。心臓の鼓動が途端に速まる。通り過ぎてからこっそりと振り返ると、清掃員が校舎を指差して説明しているのが見えた。

――なんで警察が、この学校に？

学食に入り、昼食を食べながらオオタは考えを巡らせた。

あの二人の刑事は、マツイのことを調べているのだろうか？　もしかしてマツイの死体が見つかったとか？　だとしたら、あの動画も？

そうなったら、俺は終わりだ。いや、俺だけじゃない。タカハシも、タカハシの叔父も、全員が一巻の終わりだ。あの動画では、マツイの口によって俺たち三人の過去の罪が暴露されている。言い逃れはできない。

さっきの二人の刑事が今にも目の前に現れ、自分に手錠をかける――そんな想像がオオタの頭を過り、背中に冷や汗が伝う。強烈な不安に苛まれ、気分が悪くなってきた。食べている定食の味がしなくなり、粘土でも噛んでいるかのような感触だった。

昼食を食べ終える前にチャイムが鳴った。授業が始まってしまったが、どうにも教室に戻る気にはなれなかった。オオタはいつもの溜まり場である旧体育倉庫を目指した。

歩きながら、大丈夫だ、と言い聞かせる。

今回もタカハシが何とかしてくれるはずだ。あいつの親戚は警察で、権力を持っている。あの二人の刑事だって、もし真相にたどり着いたとしても、その権力で丸め込んでくれるだろう。前回もそうだったから、大丈夫だ。

それに――捕まったから何だというんだ？

開き直った考えが頭に浮かぶ。

たかがレイプだし、俺たちはまだ未成年だ。どうせ執行猶予がついて保護観察処分になる。最悪、少年院に入ったって、すぐに出てこられる。たいしたことじゃないじゃないか。

それより問題は、自分がマツイの二の舞になることだ。

誰かが俺たちを狙っている。俺たちに恨みをもつ誰かが。あの担任教師の家族か友人か、恋人か。次に殺されるのは俺か、タカハシか。そのどちらかだろう。動画の中でも宣言されていた。

タカハシが学校を休んでいるのは犯人に襲われないためだ。犯人に捕まるのが怖くて、マツイのようになるのが嫌で、家の中に引きこもっている。安全な場所に隠れている。

——次は、俺が狙われるかもしれない。

寒気がした。

悪いのはタカハシだ。全部あいつが言い出したことなんだから。タカハシを殺してくれ。俺は見逃してくれ。心の中で懇願する。

あの動画を見てからというもの、マツイの最期が頭に焼き付いて離れなかった。怯えて泣きじゃくる彼の表情が頭を過り、ぞっとする。

嫌だ、と思った。

あんな風になりたくはない。死にたくない。殺されたくない。絶対に、捕まるわけにはいかなかった。

くそ、と舌打ちする。これからどうするべきか、どうやって追手から逃げるか、オタは頭を悩ませた。

タカハシのように、俺も家に引きこもるか？

一瞬そう考えたが、いや、とすぐに思い直した。タカハシの家と俺の家は比べ物にならない。ホームセキュリティ付きの豪邸と築三十年のボロアパートでは話が違うのだ。自分がタカハシのように部屋に立てこもったところで、安全とは言い切れないだろう。ベランダから侵入して、窓ガラスを割って外から鍵を開ければ、誰でも簡単に俺の部屋に入ってくることができるのだから。

親は働いていて家を空けていることが多い。家に独りでいるのは危ない。だったら逆に、常に人目がある場所にいた方が安心だ。

昼は学校にいればいい。放課後からは二十四時間営業のファミレスに。ネットカフェのオープン席で朝まで時間を潰すのもいいだろう。

——今は、授業に出ておくか。

このままサボるつもりだったが、オオタは思い直し、踵を返した。

授業中なら、数十人のクラスメイトの目がある。少なくとも教室で襲われることはないはずだ。

極力、独りになることを避けよう。タカハシの叔父が犯人を始末してくれるまでは衆人環視の中で自分の身を守り、敵の奇襲を凌ぐしかない。

教室へと足早に移動する。今は授業中ということもあり、オオタ以外に生徒の姿は見られなかった。

無人の校舎裏を昇降口に向かって歩いていたところ、不意に人の気配を感じ、オオタはびくりと肩を揺らした。

警戒し、勢いよく振り返る。

背後に男が立っていた。つなぎ姿で、黒いゴミ袋を持っている。

——なんだ、清掃員かよ。

学校が雇っているあの男だった。オオタはほっと息をついた。驚かせやがって。心の中で舌打ちする。

ゴミを拾い集めている清掃員に背を向けた、次の瞬間——突如、視界が真っ黒になった。

悲鳴をあげる間もなかった。

突然の出来事に、オオタは混乱した。なにも見えない。息が苦しい。呼吸ができない。

助けを呼ぼうにも、声を出すことすらできなかった。

いったい、なにが起こっているのか。ようやく状況を理解した。オオタの視界を奪ったのは、黒いゴミ袋だった。

オオタは頭から袋を被せられていた。黒いビニールが口を塞いでいる。あの清掃員の仕業だと気付いた。どうしてあいつが俺を襲うんだ。こないだの嫌がらせの仕返しか？

それにしては、やり過ぎだ。呼吸が苦しくなってきた。このままじゃ、死んでしまう。

オオタはもがき、両手を振り回した。

直後、強い衝撃で脳が揺れた。頭を殴られたようだ。全身の力が抜け、オオタはそのまま意識を手放した。

6回裏

学校に到着し、最初に重松の目に入ったのは、帽子を深く被った作業着姿の男だった。この学校の清掃員のようだ。昇降口の前で落ち葉を集めている。

すみません、と声をかけ、重松は身分証を掲げる。

「警察の者ですが、職員室はどちらですか？」

清掃員は作業を止め、校舎を指差した。

「この四階ですよ」

ぼそぼそとした喋り方の、不愛想な男だった。歳は重松と同じくらいだろうか。頬のこけた顔つきで、髭を生やしている。どこかで見たような気がする風貌だが、思い出せない。

無言で頭を下げ、清掃員の男は立ち去った。その背中を見つめていたところ、畑中に「行きましょう」と声をかけられた。頷き、後輩の後に続く。

教えてもらった通りに進むと、職員室にたどり着いた。突然現れた二人組の警察官に、教師たちは皆面食らっていた。

過去に自殺した女性教師——岩佐唯子について順に話を聞いてみたが、たいした情報は得られなかった。校長や教頭は、過去の事件を掘り返す重松たちに嫌な顔をしながら、「彼女が自殺したのは退職した後のことで、学校とは関係ない」という主張を貫いていた。口裏を合わせてなにかを隠しているような雰囲気を覚えたが、それ以上追求することはできなかった。

行方不明になっている松井寛人という生徒について担任教師に尋ねたところ、「松井は素行がよろしくなく、ろくに授業にも出ていない。悪い連中との付き合いもあるし、ただの家出としか考えられない。そのうち帰ってくるだろう」と他人事のように話していた。

聞き込みを続けているうちに、岩佐唯子はこの高校で美術部の顧問を務めていたことがわかった。今は、彼女と仲のよかった別の女性教師がその後を引き継いでいるという。その教師に話を聞いたところ、どうやら思うところがあるらしい。

実は、と彼女は声を潜めて言う。

「担当しているクラスのことで、岩佐先生に相談されたことがありました。彼女、一部の生徒から嫌がらせを受けていたみたいなんです。男子生徒が授業を真面目に受けてくれないって困っていました。注意をすると、物を投げつけられることもあったようで」

「その生徒の名前はわかりますか？」と、畑中が尋ねた。

「さあ」教師は首を傾げる。「教えてくれませんでした。言ったらなにをされるかわからないって、すごく怖がっていて」

なにか弱みを握られ、脅されていたのかもしれない。誰にも相談できず、唯子は心を病んでいるようすだったという。

その後、彼女は退職し、ほどなく自殺した。

「先生が自殺した後、彼女のお兄さんが学校に乗り込んできたことがありました。クラスの生徒からの虐めの事実を校長に訴えて、真相を調査するよう頼んでいたんですが……」

「校長は、『虐めの事実はなかった』と主張したんですね」

「そのようです」

学校側は辞めた教師よりも在籍している生徒を——いや、学校の体裁を守ったわけか。評判が落ちれば、入学を希望する生徒が減る。私立高校にとっては死活問題なのだろう。

「お忙しいところ、ご協力ありがとうございました」と教師に礼を告げ、重松たちは教室を後にした。

校長らは固く口を閉ざしている。これ以上この学校から聞き出せることはなさそうだ。とりあえず一度、署に戻ることにした。あまりふらふらしていると上司に怪しまれかねない。

「俺、正面に車回してきますね」

「ああ、頼む」

畑中が小走りで駐車場へと向かう。廊下を歩きながら、重松は頭の中を整理しようと試みた。

最愛の妹を自殺に追い込んだのが、彼女の担当していたクラスの生徒たちだと知ったら――岩佐がその連中を許すはずがない。絶対に報復するはずだ。自分に横流しの罪を着せた連中と同様に。

まずは、標的となる生徒たちについて念入りに下調べするだろう。元刑事の岩佐にとっては造作もないことだ。

岩佐は過去に一度、学校に乗り込んでいて、顔も身元も割れている。堂々と高校周辺をうろつけるとは思えない。さすがに学校に侵入して生徒を襲うという強硬策に出ることはないだろう。岩佐の犯行を止めるには、虐めに加担した生徒の名前を突き止め、二十四時間体制で在宅中や登下校中に警護をつけるしかないか。

……いや、待てよ。

重松ははっと気付いた。そうとは限らない。誰にも怪しまれず高校に潜入する方法があるじゃないか。

「岩佐は、顔を変えているかもしれないな」

独り言を呟き、そういえば、と思い出す。

すぐに重松は電話をかけた。相手は佐伯だ。彼は美容整形クリニックの医師でもあり、彼の元にはよくワケアリの客が訪れている。

「最近、整形した客がいたんだよな？」

重松はさっそく本題に入った。前に電話した際に、佐伯は言っていた。最近、男の整形をした、と。

『ええ、そうですが』

「その男の写真、あるか？」

『ありますよ。術前と術後に撮ったものなら』

「送ってくれるか？　俺が確認するだけだ。他には誰も見ないから」

『いいですよ』

理由を詮索することなく、佐伯は承諾してくれた。信頼してくれているのだろう。

電話を切り、重松は校舎を出た。正門の前に覆面パトカーが停まっていた。運転席には畑中が座っている。車を回してくれた後輩に礼を告げながら、重松は助手席に乗り込んだ。

シートベルトを締めようとしたそのとき、携帯端末が震えた。佐伯から写真が届いたようだ。

まずは、術前の写真。画像を開き、重松は息を呑んだ。

――岩佐だった。

これが他人の空似でない限り、写真の男は岩佐で間違いない。やはり奴は顔を変えていたのか。

その数秒後、術後の写真が送られてきた。一重瞼(ひとえまぶた)が二重(ふたえ)になり、鼻梁(びりょう)もやや高くなっている。唇も厚い。顎にも変化が見られる。佐伯の説明によると、どれも一週間ほどで腫れが引くような軽い施術らしいが、ここまで多くのパーツが変化すると、全体的な顔つきがまるで違って見える。

施術後の男は岩佐とは別人だ。だが、その顔には見覚えがあった。

思い出し、重松ははっとした。

「……あいつだ」

呟いた重松に、畑中が首を傾げる。「どうしました？」

この顔、つい先ほど見かけたばかりだ。

写真を睨みつけながら、

「あの清掃員――」重松は低い声で告げた。「あいつが、岩佐だ」

「まさか、あの人が未成年だったなんて……」

ジローの報告に、依頼人は愕然としていた。

「彼の言葉を信じきってしまっていて、まったく気付きませんでした」

馬鹿ですよね、と依頼人が自嘲する。

「老け顔でしたから、しょうがないですよ」と、ジローは気休めにもならない言葉を
かけることしかできなかった。

「しかも、コンサルじゃなくてただの無職だったなんて。嘘ばっかりだ。ずっと騙されていたんですね、私」

衝撃の事実に動揺を隠しきれない女性は、心を落ち着けようとカフェオレのカップに手を伸ばした。

市内にあるファミレスの一角。隅の席で、ジローと依頼人の女性が向かい合っている。今日は報告のためにこの店に彼女を呼び出した。

隣にはミサキが座っている。ジローが合図すると、ミサキはランドセルの中から茶封筒を取り出した。

それをテーブルの上に置き、依頼人に差し出す。

「相手から慰謝料をいただきました」

標的の自宅に押し入った際に、ジローたちはクローゼットに隠してあった現金を奪っておいた。その封筒の中には、盗んだ金額から依頼料を差し引いた額――百五十万の札束が入っている。中身を確認してから、「ありがとうございました」と女性は頭を下げた。

「これで、あの人も少しは懲りたでしょうか」

ジローは頷いた。「少なくとも、天罰は下りましたよ。彼は先日、亡くなりましたから」

　女性は驚いていた。えっ、と声をあげ、目を丸めている。「……もしかして、それもあなた方が？」

　ジローは肯定も否定もしなかった。ただ説明を続ける。

「水難事故だそうです。夜釣りの際に足を滑らせて、海に落ちて。酒を飲んで泥酔していたようで、そのまま溺れ死んでしまったとのことです。今朝、ニュースになっていました」

　拷問師のマルティネスは、わざわざ博多湾の水を大量に汲んできて、その海水で水責めを敢行した。そうすれば、たとえ胃の内容物を調べられたとしても海で溺死したように偽装できる。佐伯の入れ知恵だった。

　殺したいほど憎んでいる相手が偶然、事故で死んだ。女性は「こんなことがあるんですね」と感嘆している。

「人の死を喜ぶのは不謹慎かもしれませんが、正直、胸がすっとしました」

　お世話になりました、と依頼人は再び頭を下げた。茶封筒をバッグに入れ、店を立ち去る。

　ジローは窓の外を眺め、その後ろ姿を見送った。ここへ来たときよりも、心なしか足取りが軽いように見える。

結局、いちばんの復讐というものは、相手よりも幸せになることだ。相手を懲らしめる自分たちの仕事は、所詮ただの憂さ晴らしの手伝いに過ぎない。

南城のことを思い出す。自分の子どもを虐めた相手を殺したところで、なにかが変わるわけではない。わかってはいても、人はその無念を晴らしたいと考えてしまうものだ。それでも彼は、憎い相手にやり直すチャンスを与えようとした。結局、深堀はそのチャンスを生かせなかったわけだが。

これで少年Bへの復讐は済んだ。残るは主犯格の少年A。今頃は馬場探偵事務所が彼の素行を調べているところだろう。

「……ねえ、ミサキ」

おとなしくジュースを飲んでいる我が子に、ジローは声をかけた。

自分だったら、と想像する。我が子が同じ目に遭ったとしたら、南城のように加害者の過ちを赦(ゆる)す心は持てないだろう。

「もし学校で誰かに虐められたら、すぐに言いなさいよ。隠し事はしないで。正直に話してちょうだいね」

ミサキは強い子だ。だからこそ心配でもある。彼女の目をじっと見つめ、ジローは真剣な声色で告げた。

「嫌な思いしてまで、学校なんて行かなくていいから。無理しなくていいの。嫌な奴がいたら、アタシが殺してあげるわ。すぐに言いなさい」

すると、

「大丈夫だよ、ジローちゃん」ミサキは軽く笑い飛ばした。「嫌な奴がいたら、自分で殺るし」

涼しい顔で物騒なことを言い出した娘に、まったく誰に似たのかしらとジローは肩をすくめた。

「――あの清掃員は、整形した岩佐だ」
道理で、どこかで見たことがある気がしたわけだ。
畑中は驚いていた。つい先刻、言葉を交わしたばかりの相手だ。まさかあの男が岩佐だったなんて思いもしなかっただろう。
説明は後だ、と重松はすぐに車を降りた。

畑中もそれに続く。「まだ校内にいればいいんですが……俺たちの顔を見て、逃げたかもしれません」

「手分けして探そう」

畑中が頷いた、そのときだった。

破裂音が数回、校内に鳴り響いた。

「……今日は体育祭じゃないよな？」

軽口を叩いている場合でないことは、自分でもわかっている。

今の音、どう考えても銃声にしか聞こえなかった。嫌な予感がする。重松と畑中は顔を見合わせ、即座に走り出した。

音のした方向へと急ぐ。校舎裏に回り込むと、倉庫のような建物が見えてきた。中からつなぎ姿の男が出てくるところだった。

「岩佐！」

重松は叫んだ。

清掃員が足を止める。

一瞬、目が合った。

男はすぐに背を向けた。逃がすわけにはいかない。重松は急いだ。

倉庫のドアは開いていた。中に視線を向けると、制服姿の少年がいた。この学校の生徒だろう。血を流して倒れている。岩佐に撃たれたようだ。救急車を呼ぼうと、畑中がスマートフォンを取り出している。

「彼を頼む。俺は奴を追う」

「了解です」畑中が頷いた。「銃を持ってます。気をつけてください」

重松は踵を返した。清掃員が逃げた方向とは、逆に向かって走り出す。おそらく奴は車で逃走するだろう。駐車場なら、こっちのルートが近道だ。

先回りして、岩佐を迎え撃つ。

駐車場の端には、清掃会社の名前が記されたワゴン車がある。重松がその車に近付いたところで、ふと背後に気配を感じた。

振り返ると、男がいた。

清掃員だ。水色のつなぎが血で汚れている。

「……岩佐、だよな？」

重松は尋ねた。

すると、男は薄く笑った。「さすがに気付いたか」

岩佐の所持している銃は警察の現行モデルだった。おそらく藤牧か菊池から奪ったものだろう。運転席のドアの前に立ちはだかる重松に、岩佐は銃口を向けて「そこをどけ」と命じた。

「妹さんの復讐か？」

重松が慎重に問いかけると、岩佐はまた笑った。「そこまでわかってるなら、話は早いな。もう少しで終わるんだ。邪魔をしないでくれ」

「嫌だね」重松は首を振った。「お前にこれ以上、人殺しをさせるわけにはいかないんだ」

「もう遅い」

岩佐は自嘲を浮かべた。

「四人殺した。……いや、五人になるかもな。どうせ死刑は免れない。あと何人殺ったって同じだよ」

頭の中で数える。藤牧と菊池。乃万組のヤクザ。さらには、今日襲った高校生。たしかに岩佐の言う通り、裁判になれば極刑は確実だろう。だからといって、このまま見逃せるはずがない。

どけ、と再び岩佐が命じる。

「邪魔をするなら、お前も殺すぞ」

重松は動かなかった。それを見た岩佐が引き金に指をかける。

「頼むから、自首してくれ」

重松が告げた直後、銃声が鳴った。銃弾は重松の右腕を掠めた。激痛が走り、重松はよろけた。腕を押さえ、その場に片膝をつく。

頽れた重松の体を、岩佐が思い切り蹴り飛ばした。強い衝撃を受け、重松は地面に倒れた。

岩佐が運転席のドアを開ける。逃がすわけにはいかない。痛みを堪えながら「待ってくれ」と重松は彼の足にしがみついた。

冷酷な瞳で岩佐が重松を見下ろす。その辺の虫けらでも見ているかのような目だった。少なくとも、同期に向ける目つきではない。

岩佐が再び銃を構える。その銃口は、重松の頭に向いている。今度は止めを刺す気でいる。

恐怖を通り越し、重松は強い失望を覚えた。

——何の躊躇いも、抵抗もなく、お前は俺を殺せるんだな。

自分にとってお前はもう、同期でも友人でも何でもない。そう宣告されているような気分だった。

重松の心に諦めが芽生える。

……お前に殺されるなら、仕方ない。

これは、罰だ。妹を亡くし、失意のどん底にいた友人に手を差し伸べなかったことへの。同期の身の潔白を信じなかったことへの。自分の報いなのだ。

岩佐が引き金を引こうとした、そのときだった。

「――おい」

突如、女が現れた。――いや、男か。茶色い長髪の、女装をした男。知った顔だった。

振り返った岩佐の顔面に一撃を食らわせ、その男は低い声で告げる。

「うちの大事なキャッチャーに何してくれてんだよ、テメェ」

散々馬鹿にしたからには、馬場と同じ轍(てつ)を踏むわけにはいかない。不審者扱いされないよう、きちんと学校に許可を取り、来客として校内を散策するつもりだった。そのために林は近くのアパレル店でジャケットとパンツを買い、着替えを済ませた。こ

れで少しはフォーマルな立場の人間に見えるだろう。

小道具も必要だ。職業柄、名刺は常に何種類も用意している。肩書きは様々。その中のひとつ、フリーライターを騙る名刺を使えば、雑誌の取材という名目で高校にも入り込めるだろう。

目当ての私立高校に到着したときには、とうに正午を過ぎていた。今は授業中のようで、運動場にも中庭にも生徒の姿はない。

——とりあえず、来客用の窓口に顔を出すか。

事務室はどこだ、と辺りを見渡した、そのときだった。

銃声が聞こえた。

音が近い。林は本能的に動いていた。被弾しないよう、すぐに建物の陰に身を隠してから周囲を確認する。

しばらく待ったが、次の狙撃はなかった。自分が狙われたわけではなさそうだ。

「おいおい、物騒な学校だな」林は眉をひそめた。「ここは外国かよ」

無差別テロの銃乱射事件でも起こってんじゃないだろうな、と心配になる。いつからこの国はこんなに治安が悪くなったんだろうか。

林は銃声がした方向へと走った。視線の先に、いくつかの車が並んでいる。駐車場のようだ。警戒しながら距離を詰めていく。

ワゴン車の前に人影が見える。男が二人。ひとりは拳銃を所持している。撃ったのはあいつか、と林は心の中で呟いた。

もうひとりは、地面に倒れていた。男に銃口を向けられている。見たことのある顔だ。

——重松だった。

林はとっさに動いた。「おい」と声をかける。男が振り返った瞬間、林はその顔に拳を叩き込んだ。

「うちの大事なキャッチャーに何してくれてんだよ、テメェ」

不意をつく攻撃に、男がよろける。倒れそうになったところを踏みとどまり、銃を構え直した。

男が林に銃口を向け、発砲する。そのときにはすでに間合いを詰めていた。得物のナイフピストルを取り出し、男の懐に飛び込む。

林はすばやく切りかかったが、手ごたえはなかった。ナイフの刃を、男が銃身で弾いた。

男が数歩下がり、間合いを取った。畳みかけるような林の攻撃を、すんでのところで避けていく。——と同時に反撃に出た。銃を構え、至近距離から林の頭を狙う。林はとっさに男の腕を蹴り上げた。

拳銃がその手を離れ、地面に落下する。

武器を失った男はすぐさま接近戦に切り替えた。今度は距離を詰め、ナイフを握る林の右腕を掴む。力勝負では相手に分がある。振りほどくのは厳しいだろう。片手を拘束されたまま、林は逆の拳を相手の顔面に叩き込んだ。男の前腕がそれをガードした。

読まれたか。林は舌打ちをこぼした。

——だが、これだけ時間を稼げば十分だろう。

次の瞬間、重松が「動くな」と叫んだ。男が落とした拳銃を拾い、その銃口を相手に向けている。林の思惑通りだった。

男はすぐに動いた。林の腕を離し、走り出す。その先には、ワゴン車の運転席。車に乗り込み、逃走する気だ。

「逃がすかよ！」

林は今、ワゴン車の後輪の近くにいる。ナイフピストルを逆手に握り直し、タイヤに刃を突き立てた。

それを見た男は運転席ではなく、後部座席のスライドドアを開けた。飛び乗るや否や反対側のドアを開け、車の中を通り抜ける。

待て、と銃を構えた重松が声を張りあげた。男の動きを追って発砲するも、弾は車体に当たるだけだった。

男はその先に駐車してある別の車に乗り込んだ。黒い軽自動車だ。すぐさまエンジンをかけ、アクセルを踏み込む。

猛スピードで走り去る車を見つめ、林は眉をひそめた。

——もう一台、用意してやがったのか。

やけに用意周到だ。いったい何者なのだろうか、あの男。

振り返ると、重松がふらついていた。体を支えてやると、彼は「悪いな」と苦笑した。

ふと、林は地面に視線を向けた。いくつかの血痕を見つけた。まさか、と血の気が引く。「おい、撃たれたのか」

「大丈夫、かすり傷だ」

重松の体を確認したが、たしかに傷は浅い。弾が腕を掠っただけのようだ。林は安堵した。

「そんなことより」と、目を丸くした重松が尋ねる。「お前、どうしてこんなところにいるんだ」

説明すれば長くなる。林は簡潔に話した。「まあ、ちょっと仕事で。フリーのライターのフリして、この学校に取材しに来たんだ」

重松は深くは追求しなかった。代わりに「特ダネが摑めてよかったな」と軽口を叩く。

まったくだ、と林は思った。まさか、真っ昼間の高校で発砲事件に巻き込まれるとは思わなかった。

「助かったよ、林。お前のおかげで命拾いした」

殺されそうになっていた重松のピンチを救うことはできたが、犯人の逃亡を許してしまった。車に乗り込もうとする前に制圧できなかった自分の落ち度だ。早々に決着をつけるべきだったな、と林は心の中で反省する。

「悪い、逃がしちまって」

「気にするな。お前のせいじゃない」

「あいつ、何者なんだ？」車が走り去った方向を一瞥し、林は尋ねた。「素人じゃなさそうだけど」

一戦交えた感想としては、戦い慣れている印象を受けた。格闘技を齧っているかもしれない。カタギの人間でないことは確かだろうが。

重松は疲れた顔で息を吐き、答えた。

「連続殺人犯だよ。もう四人殺してる」

その割には――と、林は不審に思った。甘いんじゃないか。重松は自身の拳銃を所持していなかった。あれだけ手強い凶悪犯を追っているのなら、拳銃の携帯許可が出てもおかしくないだろうに。四人も殺しているのなら猶更だ。

それに、重松の発砲の判断も鈍かった。いつでも引き金を引けたのに、まるで躊躇っているかのように見えた。まあ、撃ったところで、取り逃がしていた可能性は高いのだが。

そのとき、救急車のサイレンが聞こえてきた。

「もうすぐ警察も来るだろう。お前はここを離れた方がいい」

重松の言葉に頷き、林は学校を後にした。

林は今頃、高校に忍び込んで聞き込み調査を進めていることだろう。

馬場はひとり車に残り、張り込みを続けていた。依然として標的宅の周辺には警備員がうろついていたのだが、しばらくするともう一台ワゴン車が到着し、そこからさらに数人の男が出てきた。どうやらシフトの交代の時間らしい。

二十四時間体制での警備か。かなり厳重だ。そこまでして、いったいなにから家を守っているのだろうか。

馬場は首を捻った。我々の素行調査や復讐屋の計画が相手にバレているとは考えにくいが、どうも引っかかるものがある。

このまま見ているだけではなにも進展しない。自分も林のように少しは動いた方がいいだろう。馬場はひとまず榎田に情報を仰ぐことにした。

「あ、榎田くん？　実はね」

電話をかけ、簡潔に事態を説明する。

「――それで、高橋が家から出てこんで、困っとるっちゃけど」

『その警備会社の名前は？』

　榎田が尋ねた。

　馬場は双眼鏡を覗き込み、確認した。

「車には、㈱ＴＫセキュリティサービスって書いとるばい」

　社名を検索してから、榎田が告げる。『……あ、その会社、どうも警察の天下り先みたいだね』

「警察？」

『高橋の身内に警察関係者がいる。叔父の東海林英隆は博多北署の警部だ。おまけに祖父も元警察官。県警本部勤務で、結構なお偉いさんだったらしい』

　ということは、あの警備員は少年の叔父か祖父が手配したのだろうか。

「この家、誰かに狙われとるとかいな」馬場は疑問を口にした。「まあ、外から見てもお金持ちっぽい感じはするけど」

　いくら立派な家でも、強盗対策のために警備員を二十四時間体制で配置するとは思えない。

　すると、

『さっき、高橋が通ってる高校で、事件があったみたいだよ』

と、榎田が興味深いことを言い出した。

「事件？」

『そう。発砲事件。テレビのニュースがその話題でもちきりだ。生徒ひとりが撃たれて重傷らしい』

馬場は目を剝いた。「発砲って――」

……まさか、リンちゃんの仕業やなかろうね。

一瞬、心配になったが、そういうことではないらしい。榎田によると、犯人はこの学校で働いていた清掃員の男だそうだ。

『この学校、なかなか怪しいね。調べてみたら、生徒のひとりが行方不明になってるよ。行方不明者届が博多北署に出されてた。……あ、それだけじゃない。過去には教師が退職直後に自殺している。この女性教師、心療内科の通院歴があるみたい。相当なストレス抱えてたんだろうねえ。いろいろとブラックな学校なのかも』

この数分の間にそこまで調べたのか。馬場は目を見張った。さすがだな、と感心する。

榎田がさらに調べを進める。今度はインターネット上に投稿された過去の書き込みを掘り返してきたようだ。

『自殺の原因はどうやら、生徒による虐めらしい。ネットの掲示板でいろいろ噂されてるよ』

行方不明の生徒に、自殺した教師。おまけに今回の発砲事件。問題だらけだ。馬場は唸った。「怪しい学校やねぇ」

『ちなみに、自殺した教師は一年三組のクラスを担当してた。行方不明になっている生徒と今日襲われた生徒、それから少年Aこと高橋は、全員その一年三組だった』

「偶然にしては出来過ぎとる」

『だよね』榎田が核心を突く。『偶然じゃなかったとしたら、次に狙われるのは高橋かな』

なるほど、だとすると高橋邸がこれほど警戒している理由も説明できる。榎田に礼を告げ、馬場は通話を切った。

体育倉庫に戻ると、救急隊員が被害者の少年を運び出すところだった。教師に付き添われ、慌ただしく担架で運ばれていく。

そのようすを呆然と眺めていたところ、「重松さん」と声をかけられた。畑中だった。重松を見てぎょっとしている。

「大丈夫ですか、血が出てますよ」

「かすり傷だ、心配いらん」笑い飛ばし、重松は畑中を指差した。「お前こそ、血だらけだな」

畑中の両手は真っ赤に染まっていた。救急車が来るまで応急処置を施していたのだろう。

畑中が俯く。「一応止血はしましたが、出血が止まらなくて……正直、助かるかどうか……」

気落ちしているようだ。重松は畑中の肩を数回叩いた。「十分だ。お前はよくやった。気にするな」

畑中は頷いた。

「俺の方こそ、岩佐を逃がしてしまった。また被害者が出るかもしれない」

自身の失態を報告すると、畑中が「そういえば」と口を開く。

「撃たれた生徒が、意識を失う前に言ってたんです。『レイプはタカハシが言い出したことだ、動画で脅したのもあいつだ、俺は悪くない』って」

レイプ。タカハシ。動画。

重松の頭の中で、その単語がひとつに繋がる。

「まさか……岩佐の妹は、そいつらにレイプされたのか？」

そして動画を撮られて、脅されていた？

同僚の女性教師も証言していた。生徒たちを怖がっていたようだと。それほど酷い目に遭わされたのなら、心を病み、学校を辞めるのも当然だ。

岩佐が凶行に及んだことも理解できる。自分が彼の立場だったとしても全員殺してやりたくなるだろう。岩佐の復讐を止めることが、より一層困難に思えてきた。

「そのタカハシって奴も、この学校の生徒か？」

「はい」ですが、と畑中は眉を下げた。「教師に確認したところ、学校を休んでいるそうです」

すでに岩佐が手を下していないことを祈るほかない。重松は息を吐いた。「その少年について、詳しく調べてみるか」

7回表

甥の高校で事件が発生した。

学校を欠席させ、警備をつけておいたのは正解だったな、と東海林は思った。

管轄の警察署から入ってきた情報によると、男が高校生を拳銃で撃ち、車で逃走したとのことだった。犯人は前々から学校に勤めていた清掃員だそうだが、身元を突き止めることはできなかった。派遣元である清掃会社に提出していた身分証が偽造されたものだったためだ。

十中八九、清掃員の男というのはあの岩佐智弘で、撃たれた高校生は甥の友人だろうな、と東海林には予想がついていた。あの強姦事件に関わっている生徒は甥を含めて三人。岩佐は清掃員として学校に潜り込み、復讐の機会を窺っていたのだろう。学校というものは基本的に開かれた場所であるため、セキュリティ面では酷く緩い。元警察官が高校生を襲うことなど容易いはずだ。

白昼堂々と学校で発砲事件を起こすという大胆な凶行に及んだのは、捜査の手が自分に迫っていることに焦りを覚えたせいかもしれない。

岩佐は自棄になっているのだ。妹を失ったあの日から、ずっと。奴にはそもそも犯行を巧妙に隠すつもりなど一切ない。むしろ逆に、彼はまるでテロリストのように自分の犯行を声高に主張しているような気さえする。東海林にはそれが自分への挑発に思えてならず、腹立たしかった。

被害者の高校生は病院に運ばれて治療を受けているが、今もまだ意識不明の重体だそうだ。偶然その場に居合わせた捜査員のおかげで発見は早かったが、出血量からして存命は厳しいという。いっそこのまま死んでくれた方が助かるな、と東海林は思った。そうすれば、あの事件を知る人間がひとり減る。好都合だ。秘密を共有する人間は少ないに越したことはない。

岩佐は本格的に動き出している。犯行が徐々に雑に、派手になっている。このまま奴が騒ぎを起こし続ければ、いずれマスコミも嗅ぎつけ、あの事実が公になってしまうだろう。

――一刻も早く手を打たなければ。

岩佐が邪魔だ。消すしかない。

あの男の力を借りるか、と思い立つ。こういう非常事態のために付き合いを続けているようなものだ。

東海林はさっそく乃万組の幹部の男に連絡を入れた。時間と場所を取り決め、電話を切る。エレベーターに乗り、下に移動した。

署の地下には駐車場がある。東海林は急いでいた。脇目も振らず愛車の元に向かったが、車に乗り込むことはできなかった。

車の前に男が立ちはだかり、東海林の行く手を遮っている。

「君は――」東海林は男の顔を睨んだ。「刑事課の、重松くんか」

相手は頷いた。

「お待ちしておりました、東海林課長」

刑事一課の重松――話は部下から聞いている。この男は岩佐のことを掘り返していた。岩佐の職場である警備会社にも足を運んでいたという。

嫌な予感がする。

「私になにか用ですか？」

東海林が穏やかな口調で尋ねると、

「お願いがあります」

と、重松は頭を下げた。

「東海林課長の甥が過去に犯した罪を、公表してください」

……やはり嗅ぎつけたか。

面倒な奴がまたひとり増えたな。心の中で舌打ちしてから、東海林は「いったい何の話ですか」と笑い飛ばす。重松はむっとした表情を見せた。

「説明が必要でしょうか」

軽蔑したような眼差(まなざ)しで、重松は東海林を睨みつける。「何のことだか、さっぱりわからんね」と東海林はわざとらしく肩をすくめてみせた。

「そんなことより、そこをどいてくれないか。急いでいるんだ。人と会う約束があってね」

重松は動かなかった。うっすらと笑みを浮かべている。

「今日、岩佐から聞きましたよ」

その一言に、東海林は思わず目を見開いた。

——岩佐に会ったのか？　いつ？　どこで？

思考を巡らせる。もしや、あの高校か？　偶然居合わせた捜査員というのは重松のことだったのか？　岩佐の奴、重松に話したのか。例の事件のことを。

「……聞いたって、なにを？」

この男、どこまで知っているのだろうか。東海林は探るような目つきで重松を睨みつけた。

すると、彼はにやりと口角を上げた。

「驚かないんですね。岩佐が生きていること、やはりご存じでしたか」

東海林は舌打ちをこぼした。今度は心の中ではなく。

――こいつ、俺の反応を見るために……。

「あなたの甥は去年、担任教師の岩佐唯子――岩佐の妹に嫌がらせを繰り返していました。同僚の教師が彼女から相談を受けています。その嫌がらせはだんだんとエスカレートしていった。彼は友人と共謀して倉庫に呼び出し、岩佐唯子を強姦した。それだけじゃない。動画を撮影して、脅したんです。逆らったら、この動画を学校中にばら撒いてやる、ってね」

「うちの甥は関係ない。その事件には関わってない」

「どうでしょうか」

と言う重松の声には、明らかに否定のニュアンスが含まれている。

「ご存じかと思いますが、あなたの甥の友人が今日、岩佐に撃たれました。居合わせた捜査員の話によると、襲われた高校生は救急車で運ばれるまで、譫言のように訴えていたそうですよ。『レイプはタカハシが言い出したことだ、動画で脅したのもあいつだ、俺は悪くない』って」

タカハシ——甥の母親の旧姓だ。

名字を変えたのは、甥が中学のときに事件を起こしたからだ。同級生を遊び半分で海に投げ込み、そのまま溺死させてしまった。その事件をもみ消したのは、当時県警本部の警視長だった義父だった。定年間際の最後の仕事が孫の尻拭いとは、と彼は皮肉を漏らしていた。

「岩佐唯子は心を病み、退職した。そのあとすぐに自殺しました。おそらく遺品を整理していたときに、岩佐は妹がなにをされたのかを知ったんでしょうね。スマートフォンのデータから例の動画を見つけたのかもしれない。奴は学校に乗り込んだ。証拠がある、警察沙汰にしてやる、とでも言われたんじゃないですか」

反論の余地がない。東海林は黙り込んだ。

「あの学校、なかなかの隠蔽体質のようですね。あなたのお義父様は、あの高校の理事長と懇意でいらっしゃるそうで。互いの目的はひとつ——岩佐を排除し、真実を隠すこと。お義父様はあなたにそのための偽装工作を命じた。あなたは薬物の横流しをでっち上げ、岩佐に汚名を着せた。不祥事でクビになった警官がいくら他人の罪を暴こうとしたところで、誰も聞く耳をもたないでしょうし」

隠し立てをしたところで時すでに遅しだと東海林は察した。この男はすべてを知っている。下手な誤魔化しは通用しないだろう。

となると、道は二つしかない。

――こいつを取り込むか、もしくは、消すか。

東海林は煙草を取り出した。一本口に咥え、火をつける。

「……重松くん」

ゆっくりと白い煙を吐き出し、東海林は交渉に移った。

「義父は、勇退した今でも人事部に顔が利く。君がこの件に目を瞑るというなら、便宜を図ってやってもいいぞ。一課もそろそろ課長のポストが空くだろうしな。すでに警察を辞めた奴を庇ったところで、君にメリットはないだろう？　それよりも、有意義な取引をするべきだと思わないか？」

東海林か、岩佐か。どちらに付くのが自分にとって得なのか、それがわからないほどこの男も馬鹿ではないだろう。

しかし、重松は鼻で笑った。

「なるほど、そうやって藤牧と菊池を唆したんですね。餌は昇任試験ですか。どうやったんです？　二次試験の筆記問題を漏洩させた？　それとも、三次試験の面接官を買収した？」

「……そこまで調べたのか」憎たらしさを通り越して感心を覚える。東海林は感嘆を漏らした。「君は優秀な刑事だな」

　潰すには惜しい人材だ。しかしながら、敵対している優秀な人間ほど邪魔な存在はない。

「ええ、すべて知っていますよ。あなたが藤牧と菊池に命じて、押収品の薬物を岩佐の私物に紛れ込ませたことも、あなたが仲良くしている乃万組から下っ端の人間を借りて、嘘の証言をさせたことも。俺はすべて公にするつもりです。それしか、岩佐を止める方法はない」

　正義感に満(み)ち溢(あふ)れた、熱のこもった瞳が、まっすぐに東海林を射抜く。

「ご存じでしょう。岩佐は復讐しているんです。妹を苦しめた高校生に。自分を陥れたあなた方に。あいつは嘘の証言をしたヤクザを自分の身代わりにするために、焼死させた。顔も身元も変えて、学校の清掃員として潜入し、妹を強姦した高校生を殺している。あいつが持っていた銃は警察の支給品だった。岩佐は、自分を嵌めた藤牧と菊池も手にかけたんです。次に狙われるのは、あなたとあなたの甥ですよ、東海林課長。これまでの被害者のようになりたくなければ、罪を認めてください」

厄介な男だな、と東海林はため息をついた。

重松はこちらの提案を頑なに呑まなかった。交渉は決裂だ。こうなったら、少々強い言葉を使うしかない。

「……被害者のようになりたくなければ？　それはこちらの台詞だよ」

「どういう意味ですか」

「君だって、岩佐のようにはなりたくないだろう？」

岩佐は不祥事で懲戒処分になった。罪を捏造し、お前だって簡単にクビにすることができる。

そう仄めかす東海林に、

「覚悟はできています」

と、重松は強い口調で答えた。

やれやれ、と肩をすくめる。話の通じない奴だ。だが、まだ策はある。東海林は弱みを突いた。

「君は覚悟ができていても、彼はどうかな」

重松の表情が揺らいだ。「……彼？」

「君が可愛がっている後輩の、畑中くんだよ」

自分に厳しい男でも、他人にまで厳しいとは限らない。

畑中の名前を出した途端、重松の顔色が変わった。悔しげに東海林を睨みつけている。

「畑中は……あいつは関係ないでしょう」

こちらの意図は十分に伝わったようだが、徹底的に叩いておかなければ。東海林はさらに攻撃を加えた。

「畑中くんが我々を調べている間、我々も彼のことを調べたんだ。彼についての資料はすべて読んだよ。畑中くんには両親がおらず、独りで妹さんを養っているらしいじゃないか。無職になったら困るだろうな。ましてや、不祥事なんか起こせば、再就職も難しいだろう。妹さんの人生にも影響が出る。加害者家族が世間からどんな仕打ちを受けるか、職業柄想像はつくだろう？」

返す言葉がないようだ。重松は絶句している。

——堕（お）ちたな。

東海林は唇を歪めた。

「すべてを公にするしか、岩佐を止める方法がない……君はそう言ったが、それは違うな。他にも方法はある」

簡単なことだ。岩佐を殺せばいい。

「君に仕事を与えよう。岩佐の居場所を突き止め、報告しろ。あとはこちらで片を付けておく」

居場所さえわかれば、人に頼んで始末させるだけだ。

顔をしかめ、そんなことできるわけがないという表情を見せる重松に近付き、東海林は耳元で囁いた。

「そうすれば、畑中には手を出さないでやる」

返事はなかった。

「下手な動きは見せるなよ。常にお前のことは見張っているからな。もちろん、畑中のことも」

釘（くぎ）を刺し、重松に手を伸ばす。

「まあ、悪く思わんでくれ。君のような清廉潔白で正義感のある男は、私は嫌いじゃないよ。だがね――」

相手の肩を二度叩き、東海林は勝ち誇った顔で告げた。

「身綺麗なままじゃ、敵は倒せないんだ。残念だったな」

東海林は重松を強く押した。体がよろけ、後ろの柱に重松の背中がぶつかる。ただただ呆然としている相手を後目に、東海林は運転席に乗り込んだ。

エンジンをかけ、車を発進させる。ルームミラー越しに、肩を落とす重松の姿が見えた。脅しは十分に効いたようだ。

これで煩わしい存在がひとり消えた。

――さて、残るは岩佐だ。

腕時計を一瞥する。無駄話に時間を取ってしまった。約束に遅れそうだ。東海林は埠頭に向かって車を飛ばした。

7回裏

目的もなく車を転がしていると、夜景が見えてきた。那珂川の水面が鮮やかに煌めいている。

近くのコインパーキングにセダンを駐車し、重松は中洲の街を歩いた。足は自然と川沿いの屋台街へと向かっていた。その中の一軒の赤い暖簾を潜る。

屋台【源ちゃん】の店主――剛田源造が「いらっしゃい」と声をかけてきた。カウンターには誰もいない。スーツの上着を脱いで真ん中の席に腰を下ろし、いつものようにラーメンを注文する。今日はビールも追加した。今夜はどうしても酒を飲みたい気分だった。飲まなきゃやってられない。

差し出された瓶ビールを手酌で注いでいると、「明日は非番ね？」と源造がラーメンを作りながら尋ねた。

「まあ、半分は」

「半分？　どういうことや」

明日は休みだ。だが、重松にはやらなければならないことがあった。岩佐を捜し出すよう東海林に命じられている。

――これから、どう動くべきか。

頭の痛い問題だ。

東海林の命令に背けば、畑中が狙われる。

自分だけなら、どうなっても構わなかった。クビになろうが、無実の罪を着せられようが。この裏社会――『博多豚骨ラーメンズ』という草野球チームに入り、彼らと付き合うようになってから、それなりの覚悟はしているつもりだ。

畑中を巻き込んでしまったことを、重松は深く後悔した。自分が彼に岩佐の話をしなければ、捜査を手伝わせなければ、彼が東海林に目をつけられることはなかったはずだ。すべて俺のせいだ。

完全に打ちのめされた。まさか、畑中を人質に取られるとは思わなかった。俺の読みが甘かったな、と重松は自分を責めるほかなかった。

罪のない後輩をクビにさせるわけにはいかない。かといって、岩佐を犠牲にするわけにもいかなかった。八方塞がりだ。

「……面倒なもんですね、組織ってのは」

ビールを呷り、重松は愚痴をこぼした。

長いものに巻かれて同期を差し出すか、正義を貫いて後輩を見捨てるか。板挟みの状態である。

「馬場たちが羨ましいですよ。誰にも縛られず、自由気ままで」

自嘲気味に笑う重松に、源造が首を捻った。「何言いようとね。フリーランスもフリーランスで、大変ばい」

「いやまあ、それはわかってますけど……職場の人間関係に煩わされることはないでしょう」

「なら、お前さんも警察辞めりゃよかろうが」

「そう簡単に言わないでくださいよ」

重松はむくれた顔で源造を睨みつけた。ビールをグラスに注ぐのをやめ、瓶に口をつける。

一気に飲み干し、二本目を注文したところで、重松のようすがおかしいことに源造は気付いたらしい。「どうしたとや。今日は珍しくやさぐれとるやんか」と苦笑いを浮かべた。

「……やさぐれたくもなりますよ、そりゃあ」

出来立てのラーメンを啜りながら、重松はふてくされた声で返した。自分が置かれている状況を簡潔に説明すると、源造は「なるほどねえ」と唸った。

「その課長の掌の上で踊らされとるわけか」

悔しいが、その通りだ。

「あの人には何でもお見通しです。俺の動きは完全に把握されている。今ここでラーメン食ってることも、筒抜けだろうな」

重松は深いため息をついた。

「おそらく彼は、乃万組のヤクザと繫がっているんでしょう。命令に従って、俺が同期の男の居場所を教えれば、すぐに殺し屋を使って始末するはずです。殺人犯とはいえ同期を売りたくはない。だが、妙な動きをすれば俺の命も危ない。あの人はいつでも俺を殺すことができる」

すると、

「なんね、そんなことね」

と、源造は拍子抜けしていた。

そんなこと――簡単に言ってくれる。「警察の人間とはいえ、あくまで俺は一般人なんですから。殺し屋に襲われたらひとたまりもない。源さんたちと一緒にしないでくださいよ」

どうなってもいいとは思っているが、自分の身が可愛くないわけではない。殺し屋に狙われるのは避けたいところだ。

「ほら」源造が目を細めた。目尻に皺が寄る。「ラーメンを食らわば器まで、って言うやろうが」

「そんな諺ありましたっけ？」

「所詮、相手はヤクザの鉄砲玉。何人束になってかかってきても敵わんよ。一流にはね」

源造が意味深なことを言う。その意図を察し、重松ははっとした。

——見透かされている。自分の中の迷いを。

「……器まで、か」

重松は源造の言葉を反芻した。彼の言うことにも一理ある。生半可な覚悟では今の状況は打開できないのだ。

畑中と岩佐、どちらも切り捨てず、二人とも守る。そのためには手段を選んではいられない。

重松は決意を固めた。ビールの瓶を置き、

「源造さん、ひとつ仕事をお願いできますか」

頼みを告げると、源造は頷いた。あくどい笑みを浮かべる。「格の違いを見せつけてやりんしゃい」

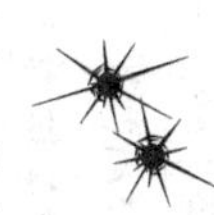

結局、日が沈んでも高橋は部屋から出てこなかった。

時折カーテンの隙間から外を見渡している少年の姿が確認できたので、家の中にいることは間違いないだろう。どうやらこのまま籠城を続けるつもりらしい。車の窓から双眼鏡を覗き込み、今夜も徹夜で見張りだな、と林はうんざりした。

コンビニまで買い出しに行っていた馬場が戻ってきた。おにぎりやらパンやらを袋から取り出す。林はメロンパンを受け取り、頬張った。

「なんかさ、刑事ドラマの張り込みみたいだな、これ」咀嚼し、口の中のものをペットボトルの水で流し込む。「重松も、いつもこんなことしてんのかな」

先日観たドラマの中にも、二人組の刑事が張り込みをするシーンがあった。あれはたしか、『殺し屋ＯＬの日常』の九話だったか。昼間はＯＬ、夜は殺し屋という主人公・谷希衣子（たにきいこ）の正体がバレそうになるエピソードだ。希衣子に殺人容疑が掛かってしまい、刑事（希衣子の現恋人）が、彼女の無実の罪を晴らそうと別の容疑者のアパートを見張り続けていたのだが、これまで数々の修羅場を潜ってきた希衣子にとっては殺人容疑などどうってことはなかった。彼女は刑事部長（希衣子の元恋人）に賄賂を渡し、アリバイを捏造してもらって容疑を晴らしていた。

「リンちゃんはほんとにドラマが好きやねえ」馬場が言った。少し呆れたような声色なのが癪（しゃく）に障る。

今夜も観たいラブコメドラマがあった。当然、仕事で観られないため、馬場に録画を頼んでおいたのだが。林は横目で睨んだ。「お前、ちゃんと録画できてんだろうな？　録（と）れてなかったらブッ飛ばすぞ」

過去にも一度、馬場にドラマの録画を頼んだことがあったが、あのときは裏番組の野球中継だけが映っていた。林はブチ切れ、事務所で大暴れした。

「自信はなか」と、馬場は自信満々に言った。「榎田くんに頼んだら、どうにかしてもらえん？」

「ふざけんな。俺は違法視聴しない主義だ」

「偉かぁ」

「当然だろ」

明太おにぎりを頬張りながら、

「テレビといえば」と馬場が話を変える。「どこのニュース番組も、例の事件でもちきりらしいね」

例の事件——私立高校での発砲事件のことだ。あの後、事件を嗅ぎつけたマスコミが校門前に押し寄せていた。とてもじゃないが潜入調査どころではなく、林は諦めて現場から引き揚げるしかなかった。

半グレによる抗争だの宗教絡みの無差別テロだのと、ネット上では憶測ばかりが飛び交っているが、真相は単なる連続殺人だ。刑事の重松がそう言うのだから間違いないだろう。報道によると、生徒ひとりが意識不明の重体で、市内の病院で治療を受けているが、どうだろうなと林は思った。

「榎田くんに調べてもらったっちゃけど、前にあの高校の女性教師が、生徒から虐めに遭って退職したらしい」

「どこも虐めばっかだな」と、吐き捨てるように林は言った。

「教師は自殺しとる」馬場が窓の外を一瞥する。「その虐めの主犯格も、あの少年A

らしい」

「あいつ、また殺したのか」林は眉をひそめた。「反省する気ねえだろ」

「虐めに加担した生徒は、高橋の他に二人おって、そのうちのひとりは行方不明らしいばい。警察に届けが出とるって」

「もうひとりは？」

「病院」

林ははっとした。

なるほど、今日学校で襲われた生徒か。すべてが繋がった。

「次に狙われるのは高橋ってことか。それが怖くて、あんな風に家の中に隠れてんだな。わざわざ警備まで雇って」

「高橋の身内に警察関係者がおる。あの警備会社は警察の天下り先らしい」

——警察。

その言葉を聞いて、真っ先に重松の顔が浮かぶ。林は昼間の一件を思い出した。重松は殺人犯と対峙(たいじ)していた。あのとき自分が助けに入らなければ、どうなっていたかわからない。

「……重松の奴、なんかヤバいことに巻き込まれてるんじゃないだろうな」

呟いた、そのときだった。馬場の携帯端末が鳴った。地元のプロ野球チームの球団歌が流れる。着信の相手は源造らしい。

いくつか言葉を交わしてから電話を切ると、

「リンちゃん、ごめん。俺、依頼が入ったけん行ってくる」

と、馬場は車のドアを開けた。その依頼というのは探偵業ではない、裏の仕事のことだろう。

「ここ、任せてよか？」

「ああ」頷き、親指で窓の外を指す。「あいつが出てきたら、とっ捕まえてジローたちに引き渡せばいいんだろ？」

高校生になっても高橋は問題を起こしている。反省の色は微塵も見られない。これ以上のチャンスを与えるまでもないだろう。さっさと拉致して、痛い目を見ればいいのだ。

「ちゃんと生け捕りにするとよ。殺したらいかんよ」

「それは保証できねえなぁ」

林は口の端を上げた。

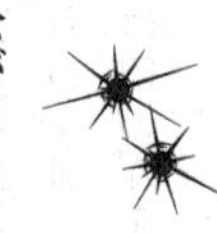

重松がラーメンを平らげたところで、屋台に新たな客がやってきた。派手な頭の男が暖簾の隙間から顔を出す。

榎田だった。ちょうどよかった、と重松は声をかけた。

「お前に会いに行こうと思ってたんだ。調べてほしいことがあって」

重松の前に並んでいる空き瓶を一瞥し、榎田は笑った。「なに、仕事の話？　瓶ビール三本も飲んどいて」

榎田が隣の席に腰かけたところで、

「男の居場所を調べてほしい。名前は岩佐智弘だ。ほら、こないだお前に通話記録を調べてもらった男、覚えてるだろ？」

と、重松は端的に告げた。

すると、榎田は訳知り顔で「岩佐唯子の兄だね」と返した。

重松は仰天した。驚きのあまり絶句してしまう。どうして奴の妹のことを知っているんだ。そう尋ねようとしたが、愚問だということに気付き、重松は口を閉じた。

この男は情報屋だ。なにを知っていても不思議ではない。

「何でも首を突っ込むのは感心しないな」

尋ねる代わりに忠告しておいた。

悪戯好きの榎田のことだ。どうせ面白がって調べ回ったのかと思いきや、そうではないらしい。

「いや」と、榎田は真面目な顔で否定する。「偶然だよ、偶然。頼まれて調べてた案件が、たまたま岩佐唯子にたどり着いたんだ」

この男、どこまで知ってるんだろうか。岩佐唯子のことを調べたのなら、彼女が自殺したことも突き止めているはずだ。もしかしたら、その原因も。

「だったら、話は早いな」

詳しい説明は省いても構わないだろう。「車のナンバーはこれだ」と、重松はメモを手渡した。岩佐が逃走したときに乗っていた黒い軽自動車のナンバーだ。走り去る前に記憶して、書き留めておいた。

榎田はリュックの中からノートパソコンを取り出した。「その言葉、警察のシステムに侵入しても構わない、と受け取っていいんだよね？」

「……」

さすがに「どうぞ」とは言えず、重松は黙り込んだ。その沈黙を榎田は肯定と捉えている。返事を待たずして作業を始めた。

「……この車」しばらくキーボードを叩いていた榎田が、ふと動きを止める。「盗難車だ」

「やはりそうか」

となると、所有者の登録情報から居場所を特定することはできない。

「だったら、福岡西高校周辺のカメラの映像を調べてくれ。奴の行先（いきさき）がわかるかもしれない」

榎田は「了解」とだけ言った。例の高校での発砲事件の犯人が岩佐であることもすでに知っているようだ。

榎田が手際よくパソコンを操作する。過去に科捜研が開発した低解像度ナンバー推定プログラムを、彼はまるで自作のものであるかのように使いこなしていた。末恐ろしい男だ。やはり敵には回したくないな、と思う。

「……見つけた」画面を見つめながら榎田が言う。「車に乗って高校から逃走した後は、しばらく周辺をぐるぐる回ってる」

「どういうことだ？」

「あ、立体駐車場に入ってった」

駐車場の出入り口には防犯カメラが設置されている。その映像をパソコンの画面に表示させ、榎田が指差す。「この三分後、駐車場から白いバンが出てくる。この車も盗難車で、ナンバーは偽装されてる」

「岩佐はここで車を乗り換えたのか」

三台目の逃走車両。用意周到だ。岩佐の強い執念が窺える。

「その車、追えるか？」

「もちろん」

追跡対象を黒の軽自動車から白のバンに切り替える。車は西へと進み、さらに川を越えた。しばらくして見えてきたのは、海だった。

ある程度まで場所が絞り込めたところで、

「住所を送ってくれ」と、重松は腰を上げた。

「今から行く気？」榎田が呼び止めた。ビールの空き瓶を一瞥し、忠告する。「飲酒運転で捕まるよ」

「心配ない」上着を羽織り、重松は口角を上げた。「運転代行を呼んである」

8回表

札束を詰め込んだ紙袋を助手席に乗せ、東海林は車を走らせた。向かう先は箱崎埠頭。いつもの場所だ。東海林が到着したときには、すでに黒塗りの高級車が停まっていた。

外で待機していた運転手が後部座席のドアを開ける。東海林は車に乗り込んだ。乃万組幹部の男の隣に腰かけ、さっそく本題に入る。

「実は、面倒なことになりまして」

東海林は前を向いたまま、深刻な声色で続けた。

「命を狙われています」

「穏やかじゃないですね。いったい誰に」

「岩佐智弘です。去年、クビになった部下で」

正確には「クビになった」ではなく、「クビになるように仕向けた」だ。その片棒を担いだのが、今まさに隣に座っているこの乃万組の男である。

すべての始まりは、甥が中学三年のときだった。同級生を虐め、海に投げ入れて死なせた。だが、事件は祖父の力でもみ消された。

甥は完全にいい気になっていた。人に危害を加えても罪に問われない。なにをしても免罪される。祖父が甘やかしたせいで甥の攻撃性に拍車がかかり、彼はすっかり狂ってしまった。

祖父のコネで私立高校に編入し、悪い連中と付き合うようになってから、甥はますます手が付けられなくなった。暴行や恐喝は当たり前。さらには身内の権力をちらつかせ、仲間を意のままに操ることを覚えた。いくら好き勝手やっても、教師は見て見ぬふりだ。甥の祖父が、学校の理事長の友人だからだ。

だが、そんな甥を唯一注意する人間がいた。担任教師の女だ。自分に盾突く存在が気に喰わなかった甥は、彼女を次の標的にした。執拗に嫌がらせを繰り返した。彼女が自ら命を絶つまで追い詰めた。

その女が部下の妹だったのは不幸な偶然だったといえるだろう。岩佐は甥を含む高校生三人が妹を強姦し、脅していたことを突き止めた。彼らの罪を暴こうと奔走していた。

邪魔だったのだ。岩佐のことが。

このままでは甥の悪事が世間に知られてしまいかねない。警察官という立場上、身内を犯罪者にするわけにはいかなかった。どうにかしなければと焦り、東海林は当時から繋がりのあった乃万組の幹部に相談した。

計画を立てた。課の部下を使って岩佐の私物に押収した薬物を紛れ込ませ、乃万組が寄越したヤクザに横流しの証言をさせる。岩佐に濡れ衣を着せ、懲戒免職に追い込む。それですべての問題が解決する。岩佐は不祥事を起こした悪徳警官のレッテルを貼られ、甥を断罪できなくなる。

乃万組への薬物の横流しは、実際にあったことだ。東海林こそが、その横流しをしていた張本人だった。押収した薬物を乃万組に渡し、少なくない額の見返りを受け取っていた。この機会を利用し、岩佐に自分の罪を着せる。それが、東海林の本当の目的でもあった。

「どういうことです？　岩佐は、火事で死んだのでは？」

東海林は首を振った。「死を偽装していました。あなたの部下がひとり、行方不明になっているでしょう？　岩佐の横流しを証言させた男です」

「まさか――」と、乃万組の男は気付いた。「焼死した男は岩佐ではなく、うちの人間だと？」

「そうです。岩佐はおそらく、科捜研の人間と共謀していたんでしょう。それに、解剖医も。彼らのお墨付きがあれば、警察は死体の身元を疑わない」

「なるほど。要するに、岩佐はまだ生きていて、今はあなたの命を狙っている、ということですか」

「はい」

「それは確かに、困ったことになりましたね」

「横流しの偽装工作を手伝わせた部下がひとり、殺されています。死体に暴行の痕があったので、おそらく拷問して口を割らせたはず。別の部下とは連絡が取れない状況です。どちらも岩佐の仕業であることは間違いありません」

「動きが大胆ですね」

「ええ。ニュースをご覧になりましたか？　今日、甥の学校で発砲事件が起きています。生徒ひとりが撃たれました。他にもひとり、同じ学校の生徒が行方不明になっている。どちらも甥の友人で、あの事件に関わっていたんです」

結局、岩佐に襲われた例の高校生は病院で息を引き取った。運び込まれた時点で出血が酷く、望みは薄かったようだ。行方不明の同級生も——甥の話が本当だとしたら

——すでに殺されている可能性が高い。

「となると、あなたの甥も危ない」

「そうですね」

正直なところ、甥のことはどうでもよかった。甥が死ねば、義父の機嫌を損ねることは確実だろうが、あのガキが引き起こす煩わしい問題は消える。いっそ岩佐が甥を殺ってくれないかとさえ思ったが、奴の犯行を待つわけにはいかない。先に自分が狙われたら困る。

「これを」

と、東海林は紙袋を渡した。

中身を覗き込み、幹部の男の口元が緩む。「なるほど。私に、邪魔な人間を消してほしい、ということですね」

「そうです」

「いいでしょう」

男が頷く。

「東海林さん、あなたには今まで助けてもらってきた。あなたがいなくなったら、うちも商売がやり辛くなる。我々は持ちつ持たれつの関係です。あなたの敵は私の敵でもある。邪魔者を始末するくらい、お安い御用ですよ。優秀な部下を何人か送り込みましょう」

東海林は頭を下げた。「ありがとうございます」

ただ、と男が付け加える。

「やけに重いですね、この紙袋」

袋の中に手を入れ、男が札束の数を確認する。

「元警官とはいえ、人ひとり殺すだけの報酬にしては、金額が多くないですか？　相場の倍はある」

訝しむ男に、東海林は答えた。

「当然です。それは、二人分の額ですから」

8回裏

岩佐の居場所は榎田が突き止めた。西区にある地下鉄の駅からしばらく進んだ場所だ。目的地が近付くにつれて、潮の香りが強くなってくる。閑静な住宅街の先に海が広がっている。海沿いには倉庫が続き、その対岸には大きな観覧車が見えた。

建ち並ぶ倉庫のひとつ——その前に、例の白いバンが停まっていた。岩佐が最後に乗っていた逃走用の車両と同じ車種だ。

倉庫のシャッターは開いている。倉庫から離れた場所に停車し、重松は助手席を降りた。しずかに建物へと近付く。身を屈め、シャッターの隙間から中を覗き込む。

人の気配があった。

がらんとした倉庫の中央に、ひとつの椅子が置かれている。そこに、男が座っていた。全身黒い服を身にまとっている。煙草を咥え、ゆっくりと白煙を吐き出す。

——岩佐だ。

顔は変わっても、その佇(たたず)まいは変わらない。目の前にいる男は紛れもなく岩佐智弘だった。

岩佐はこちらに気付いているようだ。重松が近付いても動じなかった。逃げる素振りもない。ゆっくりと視線を移し、重松の顔を見遣(みや)る。

「……来たか」

と、岩佐は笑みを見せた。

「お前が来る気はしてた」

岩佐の周囲には、血痕らしきものが残っていた。コンクリートの床がどす黒い染みで汚れている。床だけではない、岩佐が腰を下ろしている椅子も。この場で犯行が行われたことを物語っている。

岩佐の目の前に立ち、重松は訊いた。

「ここで殺したのか」

岩佐は「誰のことだ?」と返した。

しらばっくれているわけではない。ここで何人も殺している、という意味だ。岩佐の皮肉に、重松の心が痛む。旧友は、とっくに引き返せないところにいる。

「組対一課の菊池と、松井という高校生が行方不明だ」今度は具体的に尋ねた。「もう、殺したのか？」

「そうだよ」

岩佐は素直に認めた。まっすぐに重松の目を見ながら。隠し立てする気はないようだ。

「体に穴開けて沈めてあるから、浮かんでこないかもな。ダイバー呼んで、その辺の海を調べてみろ。二人見つかるぞ」

「あの黒焦げの死体は、乃万組のヤクザか。嘘の証言でお前を嵌めた」

「そうだ」

重松は質問を続ける。「藤牧に電話した理由は？」

「呼び出すためだよ。電話で藤牧に話したんだ。東海林に命を狙われてるから、火事を起こして死を偽装するつもりだって。東海林の奴が次はお前を嵌めようとしてる、詳しく話したいって言ったら、簡単に信じやがった。ずっと東海林に怯えてたんだろうな」

岩佐は藤牧に電話し、会う約束を取り付けた。その日の夜に死体と自宅を燃やし、翌日に藤牧を殺した。——そんなところか。

「藤牧の死体をあの場に放置したのは、なぜだ？」

足を組みながら、岩佐が「まるで取り調べだな」と笑う。

「あれは、俺から東海林へのメッセージだからだ。『次はお前がこうなるぞ』ってい
う。現場で奴に会ったか？　どんな顔してた？」

　重松は眉根を寄せた。「さあな」

「まあいいさ」と、岩佐が鼻を鳴らす。「あいつの死に様が楽しみだ」

「東海林課長を殺す気か」

「当然だ。その甥もな。あと二人で、終わる」

　重松は黙り込んだ。

あと二人。だが、東海林はすでに岩佐の目論見（もくろみ）に気付き、警戒している。復讐をや
り遂げるのは困難だ。

「これ以上は、やめておけ」

「やめなかったら、どうする？　俺を逮捕するか？　撃ち殺すか？」岩佐が椅子から
立ち上がり、重松に詰め寄る。「それとも、涙ながらに説得するか？　こんなことを
したって唯子は喜ばないぞ、って」

「そんなことを言うつもりはない」重松は首を振った。「復讐は、自分のためにする

ものだ」

岩佐は「へえ」と目を丸くした。

「いつの間に、そんな話のわかる奴になったんだ？」

ここへ来たのは、岩佐を救いたかったからだ。

知りたかった。どうして岩佐が、こんなことになってしまったのか。彼の口から聞きたかった。本当は、もっと早くに。こうなる前にしておくべきだった。

「……唯子ちゃんのことは、本当に残念だ」

重松はしずかに告げた。

重松から顔を背け、岩佐が言葉を紡ぐ。「あいつの苦しみを知ったのは、自殺した後だった。遺品を整理してたら、スマホを見つけて。データが全部消えてたから、おかしいと思ったんだ。だから、署に持っていって復元してもらった。そしたら、動画が出てきたんだ。唯子が、あのガキたちに――」

岩佐の顔が歪む。自分の妹が強姦されている映像を目の当たりにして、彼がどれほどのショックを受けたか。想像するだけで胸が潰されそうだ。

「なあ」岩佐が視線を戻した。「俺が撃ったガキ、どうなった？」

「助からなかった。病院で息を引き取ったよ」

「そりゃよかった。邪魔が入って止めを刺せなかったから、心配してたんだ」

岩佐は目を細め、再び椅子に腰を下ろした。

「あのガキ、ずっと人のせいにしてたよ。俺は悪くない、全部あいつが言い出したことだ、って。あの動画の中で、楽しそうにしてたくせにな」

それから、岩佐は二本目の煙草を取り出した。「お前も吸うか？」と箱をこちらに向けている。重松は「とっくにやめたよ」と断った。草野球チームに入ることになった日から、禁煙は続けている。

「そういや、そうだった」

「お前もやめろよ。体に悪いぞ」

「よく言われてたな、その台詞」

岩佐が笑う。昔の彼と同じ表情で。久々の同期との軽口の応酬に、まるで過去に戻ったような錯覚に陥ってしまう。忠告を無視して煙草を口に咥える同期の男を見つめながら、重松は思った。

……どうして、こんなことになってしまったんだろうか。

「なんで横流しの罪を認めたんだ。嵌められたって、わかってたんだろ？」

白い煙を吐きながら、岩佐は苦笑を浮かべる。「相手は東海林だぞ。コネをもってやがる。足掻いたところで無駄だった。警察が当てにならないなら、自分の手でやるしかない。さっさと辞めて、自由に動きたかったんだよ。唯子を追い詰めたガキどものことも調べないといけないしな。組対でヤクザなんかの相手をしてる暇はなかったから、クビになったのは好都合だった」

復讐のために、やってもいない罪を甘んじて受け入れたということか。その執念は見上げたものだが、許せない気持ちもある。

「どうして俺に相談してくれなかったんだ」

責めるような口調で問いかけると、岩佐は肩をすくめた。

「巻き込むわけにはいかないだろ。東海林に盾突いて、お前までクビにさせるわけにはな」

仮に逆の立場だったとしたら——自分だって、岩佐には相談しなかっただろう。友人を巻き込みたくはない。事情を話してくれなかった岩佐をこれ以上責めるわけにはいかなかった。責めるべきは、彼に手を差し伸べなかった自分自身だ。

「……こないだ、お前の職場に行った」

南城警備保障を訪れたときのことを思い返し、重松は告げた。

「写真を見たよ。社員旅行とか、バーベキューとか。お前が写ってた。楽しそうな顔して、笑ってた」

妹の自殺は、決して忘れられる出来事ではない。それはわかっている。

だけど――。

「あんな風にこれからも、笑って過ごすわけにはいかなかったのか？　いい職場だったんだろ？　唯子ちゃんの死を乗り越えて、新しい仲間と、もう一度人生を歩む道だって、あったんじゃないか？」

そうだな、と岩佐は頷いた。

「たしかにお前の言う通り、いい職場だったよ。俺が自分の死を偽装したのは、あの会社の人たちのためだ。南城さんには世話になったしな。俺の犯罪が発覚して、会社の名前に泥を塗りたくなかった」

「そこまで大事な存在だったなら、どうして悲しませるような真似をしたんだ。あの人たち、お前の葬式で泣いてたぞ」

岩佐は薄く笑った。咥えていた煙草を地面に放り捨てる。

「あの人たちと楽しい時間を過ごした後に、必ず唯子のことが頭に浮かぶんだ。泣き叫びながら助けを求める、あの動画の中の唯子を思い出しちまう。……唯子があんな目に遭ったのに、俺だけが幸せになれるかよ」

岩佐はつま先で煙草を踏みつけ、火を消した。それから、「話は終わりだ」と吐き捨てる。

「俺のことは忘れて、今すぐ出ていけ。俺と会ったことが東海林に知られたら、お前も共犯にされるぞ」

「もう知られてる」

重松は一蹴した。

「東海林課長に命令された。お前の居場所を突き止めるように」

それを聞いて、岩佐は少しも顔色を変えなかった。なるほど、と嘲笑を浮かべている。

「俺を売るために、ここに来たのか」

誤解だ。

違う、と重松は強く否定した。旧友を裏切るつもりはない。「そうじゃない、忠告しにきたんだ。東海林課長はお前を始末しようとしている。乃万組のヤクザを雇って殺らせる気だ」

「だろうな」

「お前は今すぐ身を隠せ。あとは、俺がなんとかする」

すると、岩佐が椅子から立ち上がった。こちらに歩み寄り、重松の上着のポケットに手を伸ばす。

「馬鹿、もう遅いよ」

ポケットの中に手を突っ込み、小さな機械の塊を取り出す。

「発信機だ」

と、岩佐は肩をすくめた。

「東海林の奴が仕込んだんだろう。もう場所は割れてる」

地下駐車場で話をしたとき、東海林は重松の肩を叩いた。その隙にポケットの中に仕込んでいたのだ。

「早く逃げろ、東海林が来る前に――」

重松は語気を強めた、そのときだった。

岩佐がなにかに気付いた。重松の名前を叫び、とっさに動く。岩佐の右手が重松の体を強く押した。重松はバランスを崩し、その場に倒れ込んだ。

数発の銃声が聞こえてきたのは、その直後のことだった。

9回表

乃万組の幹部が用意したワゴン車が東海林を迎えにきたのは、ちょうどその日の日付が変わる頃のことだった。

乗り込むと、中には四人の若い男がいた。乃万組の鉄砲玉たちだ。全員が闇に溶けるような黒尽くめの格好をしている。そのうち数人の顔には見覚えがあった。東海林が担当している建設会社の社長が狙撃された事件で、捜査線上に名前が挙がっていた男たちによく似ている。

彼らのことは「好きに使っていい」と幹部の男に言われている。車を出せ、と東海林は命じた。

重松には発信機を仕込んでおいた。奴の動きはいつでもGPSで把握できる。東海林はタブレット端末に表示された地図を睨みつけた。赤い丸印が西へ向かって走っている。移動スピードからして車を運転しているようだ。

その車は迷いなく進んでいく。岩佐を見つけたのだと察した。

――重松の奴め、居場所がわかったらすぐに教えろと言ったのに。

東海林に報告をしないということは、岩佐を逃がすつもりだろうか。そうはさせるか。重松が情に流されることは予想できていた。こうなることを見越して、重松のポケットの中に発信機を入れておいたのだ。

そうとは知らず、馬鹿な奴だ。東海林はほくそ笑んだ。

そのとき、電話がかかってきた。こんな時間の着信はたいていが仕事の呼び出しなのだが、今日は違った。甥からだった。

「どうした」

と、電話に出たところ、

『ねえ、いつになったら外に出れんの？』

不機嫌そうな声が返ってきた。

くだらないことで電話してきやがって。この忙しいときに。東海林は心の中で悪態をついてから、甥を諭した。

「少し待ってなさい。もうすぐ終わるから。岩佐の居場所がわかったんだ。今、向かってる」

『本当？』

「ああ」

『絶対殺してよ』

「わかってる」

電話を切り、舌打ちする。なにが『絶対殺してよ』だ。偉そうに。

相変わらず可愛げの欠片もないガキだな、と東海林はうんざりした。自分の力ではなにもできないくせに、自意識過剰でプライドだけは高い。自分の身内でなければとっくに撃ち殺しているだろう。

まあいい、と東海林は嗤った。いい気になっていられるのは今のうちだけだ。

あいつはただ他人の権力を笠に着ているだけで、何の実力も才能もない空虚な存在だ。社会に出れば自分がいかに無能な人間かを思い知ることになるだろう。甥は将来的に警察組織に入るつもりでいるようだが、奴が成人する頃にはとっくに祖父は死んでいるはず。これまでのように好き勝手はできまい。その間に俺が出世して、あの生意気なガキに痛い目を見せてやろうじゃないか。これまで散々こき使われた鬱憤を晴らしてやる。

そう遠くない将来に思いを馳せていると、地図上で点滅していたＧＰＳの赤い点がぴたりと止まった。車を停車させたようだ。目的地に着いたのだろう。

東海林は運転手の男に声をかけた。

「岩佐の隠れ家がわかった。そこを右に曲がってくれ。そのあとは、しばらく直進でいい」

「了解です」

東海林の指示通りに車が進んでいく。その数分後、海が見えてきた。いくつか倉庫が建ち並んでいる。

目的地から少し離れた場所に車を停めるや否や、全員が一斉に支度を始めた。カチャカチャと聞き慣れた音が車内に鳴り響く。男たちが自動拳銃の弾倉に弾を詰め込み、スライドを引く。

「これが成功したら、君たちが建設会社の社長を襲撃した件は、なかったことにしてやるからな」

という東海林の言葉に、男たちは黙って頷いた。

準備を終えたところで、車を降りた。徒歩で目的地へと向かう。倉庫の前に二台の車が並んでいた。ひとつは岩佐の、もうひとつは重松の車だろう。入り口のシャッターは開いている。

「合図するまで、ここで待機していろ」

四人に命じ、東海林は倉庫に忍び寄る。

中を覗き込むと、見えた。岩佐だ。重松もいる。二人で話をしている。

東海林は銃を構えた。

重松を狙い、引き金を引く。

その瞬間、岩佐が動いた。重松を庇ったのだ。数発の銃声が鳴り響く。銃弾は岩佐の腹を掠めた。血が噴き出し、その場に頽れる。

「岩佐！」重松が叫んだ。

拳銃に手を伸ばそうとしている重松に、東海林は鋭い声で「動くな」と命じた。銃口を向けて牽制（けんせい）すると、重松は動きを止めた。ゆっくりと両手を上げ、悔しげにこちらを睨みつけている。

先に重松から殺すつもりだったが、岩佐の奴が邪魔をしてくれた。余計なことをと舌打ちをこぼす。岩佐は血を流してはいるが、傷は浅いようだ。致命傷ではないだろう。東海林は安堵した。危うく岩佐を殺してしまうところだった。

奴には訊きたいことがあるのだ。ここで死なせるわけにはいかない。

「ずいぶんと私の手を煩わせてくれたな、岩佐」

拳銃を構えたまま、東海林は二人に近付いた。

「動画のデータはどこだ」

こちらの質問に答える気はないようだ。手で腹部を押さえたまま、岩佐は曖昧に返した。「さあな」

岩佐は今もあのデータを持っている。甥たちが妹を強姦した映像を。あれは完全にこの世から消し去らねばならない。岩佐を生かしているのは、その隠し場所を吐かせるためだ。

「復讐を諦めてデータを渡せば、お前らの命は助けてやる」

すると、岩佐は鼻で笑い飛ばした。

「そんな言葉、信じると思ってんのか？　データを渡したところで、どっちみち俺らは消される」

と言ってから、彼は倉庫の入り口に視線を向けた。

「どうせ雇ったヤクザも連れてきてるんだろ。お前みたいな卑怯者（ひきょうもの）が、単身乗り込んでくるはずがない」

「よくわかってるじゃないか」

東海林は拳銃を構えている逆の手を、高く上げた。

その合図を見て、外で待機していた四人の男が倉庫に入ってきた。東海林の背後にずらりと並び、岩佐と重松に向かって一斉に拳銃を構える。

「岩佐、これから私がなにをするか、わかるか？」

東海林はにやりと笑った。

「重松を蜂の巣にしてやる。それが嫌なら、データがどこにあるか言え」

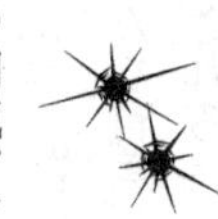

いい加減、家に引きこもることに飽き飽きしていた。痺(しび)れを切らしたタカハシは叔父に電話をかけた。

『少し待ってなさい。もうすぐ終わるから』

叔父は面倒くさそうな声色で返した。それが少し気に障ったが、今は言うことを聞くしかない。

『岩佐の居場所がわかったんだ。今、向かってる』

「本当？」

『ああ』

「絶対殺してよ」

『わかってる』

電話を切り、再びベッドの上に寝転がったそのとき、部屋のドアをノックする音が聞こえてきた。

「失礼します」

入ってきたのは、雇われている警備員の男だ。歳は三十代後半くらい。元警官で叔父の知り合いらしい。叔父には現役の頃に世話になっていた、と話していたのを思い出す。

「……何か用？」

タカハシはスマートフォンを弄りながら言った。

「教えていただけませんか」不満そうな顔で警備員が尋ねる。「東海林さんには『この家を守ってほしい』と言われました。ですが、いったいなにから守ればいいのでしょうか。それを知らないことには、我々も十分な働きができません。空き巣ですか、強盗ですか。犯人に心当たりがあるというのなら、ちゃんと情報を共有していただかないと——」

「……うるせえなぁ」

タカハシは警備員の言葉を遮り、呟いた。

なにから守ればいい？　犯人に心当たりがあるなら？　そんなの説明できるわけがない。自分の犯罪を暴露するようなものだ。

「いいから家中を見張ってろ。怪しい奴が来たら捕まえりゃいいんだよ。それだけの金はもらってんだろ」

男は不服そうに眉をひそめた。その態度も気に入らない。

出ていけ、と命じると、男は無言で背を向けた。

「もし守れなかったら」彼の背中に向かって吐き捨てる。「あんたら全員、会社クビになると思えよ」

ドアが閉まった。

どいつもこいつも、使えねえ奴ばっかりだ。うんざりしながらタカハシは端末を取り出した。そろそろ決着がついただろうか。

――どうなった？

――岩佐殺した？

――もう外出ていい？

叔父宛てに、立て続けにメッセージを送信する。

既読がついたのは、その三十分ほど後のことだった。叔父からのメッセージが返ってきた。

――岩佐は死んだ。

――もう心配ない。

――出かけていいぞ。

待ち望んでいたその言葉に、タカハシは思わず歓声をあげた。

岩佐が死んだ。よかった、これでもう奴に命を狙われることはない。俺は勝ったんだ。あのクソ野郎に。

さて、退屈な時間は終わりだ。さっそく出かけるか。夜の街に繰り出そうと、タカハシは部屋を飛び出した。

――重松を蜂の巣にする。

結局は、どちらも殺すつもりだ。だが、先に重松を襲う。同期の男が目の前で、自分のせいで甚振られる姿に、はたして岩佐は耐えられるだろうか。

東海林の脅しに、岩佐は動揺を見せた。明らかに顔色が変わった。さすがにこれで動画のデータの隠し場所を吐く気になっただろう。重松の寿命を数分でも延ばすために。

隠し場所さえわかれば、岩佐は用済みだ。先に殺してやる。同期の重松が死ぬところを見ずに済むのは、せめてもの救いだろう。

岩佐が口を開きかけた、そのときだった。

「――岩佐」

重松が低い声で止めた。

「絶対に言うな」

「だが、それじゃお前が――」

「大丈夫だ」

重松の顔に笑みが浮かぶ。

大丈夫だと？　なにを言っているんだ。

強がっているだけには見えなかった。やけに余裕のある重松の表情に、東海林は嫌な予感を覚えた。

「……なにが可笑しいんだ」

と、眉をひそめて尋ねる。

重松は依然として笑っている。気味が悪い。

「あなたがここに来ることを、俺が知らなかったとでも？」

東海林は目を見開いた。「知っていたというのか」

「ええ。あなたが、俺のポケットに発信機を仕込んだのはわかっていました。俺の知り合いにも、よくこういう悪戯をする奴がいるんでね」

「まさか、そんな――」

発信機の存在を知っていた？　知っていて、ここまで来たというのか？　罠だとわかっていて？

信じられなかった。だが、はったりを言っているようにも思えなかった。重松の口調にも表情にも、しっかりした落ち着きが見られる。

「東海林さん」

両手を上げたまま、重松がゆっくりと立ち上がる。

「あなた、駐車場で言いましたよね。俺のこと、『清廉潔白』だって」

駐車場――東海林は記憶を掘り返した。この私に重松が説教を垂れていた、あのときか。

君のような清廉潔白で正義感のある男は嫌いじゃない――たしかにそう言ったが、前言を撤回したい気分だった。この男のことは嫌いだ。早く消してしまいたかった。

「それがどうした」

「買い被りですよ」

重松がにやりと笑う。

「俺だって、とっくに手は汚してます」

次の瞬間、絶叫が聞こえた。

驚いて振り返ると、視界が赤く染まった。背後にいたヤクザの腕から血が勢いよく噴き出し、東海林の顔を汚した。

それからは、なにが起こっているのか理解が追い付かなかった。

悲鳴と、銃声。血飛沫。――一瞬の出来事だった。

乃万組の若衆たちが血を流し、次々と倒れていく。

なにがなんだかわからないまま、東海林は傍観していた。気付いたときには、自分だけが残されていた。

他は皆、死んだ。殺された。ほんの一瞬で。

四人の骸の真ん中には、見知らぬ男が立っている。喪服のような黒いスーツに身を包んだ、長身の男。その手には、日本刀が握られている。その刃からは鮮血が滴っていた。

男の顔には、博多にわかの赤い面。

それを見た東海林は目を剝き、息を呑んだ。

「その面は、まさか――」

噂を聞いたことがある。乃万組の幹部が言っていた。この街には、ヤクザの親玉ですら恐れる殺し屋がいるのだ、と。

この街の生ける伝説と囁かれる、殺し屋の殺し屋。

そんな男が、どうしてここに――。

驚愕(きょうがく)する東海林に、

「おや、彼をご存じでしたか」

重松が勝ち誇った顔で告げる。

「あなたと俺では、雇っている殺し屋の格が違うんですよ」

面越しに、男と目が合った。得体の知れない存在を前にして、東海林の膝が震えはじめた。

9回裏

――久しぶりの仕事ばい。気張ってきんしゃい。

電話口で、源造が活を入れた。

確かに久々だ、この格好をするのは。馬場は一度、事務所に戻って着替えを済ませた。赤いにわかの面と日本刀を携え、依頼人と合流する。

今回の依頼人は、重松だった。

中洲にあるコインパーキング。重松は黒いセダンの前で待っていた。馬場を見つけて片手を上げる。「酒が入ってるから、お前が運転してくれ」と頼まれ、馬場は運転席に乗った。

重松の目的地は西区にある倉庫だった。助手席に座った彼がナビに住所を入力したところで、馬場はエンジンをかけた。

「――そういや、リンちゃんが重松さんに会ったって言いよったよ」

運転しながら、馬場は話題を振った。

「ああ」重松が頷く。「高校でな」

「重松さんは、なんであの高校に？」

馬場が尋ねると、重松は質問を返した。「あの学校で発砲事件があったの、知ってるか？」

「うん」

榎田から聞いている。生徒がひとり撃たれ、病院に運ばれたと。ニュースでも大騒ぎになっていた。

「でも、重松さんの管轄やなくない？」

どうして西区の事件に、博多北署の刑事が出張っているのだろうか。馬場が首を傾げると、重松は視線を落とした。

「……実は、あの事件の犯人は岩佐智弘、俺の同期なんだ」

岩佐——二人で酒を飲んだときのことを、馬場は思い出した。「それって、こないだ焼身自殺したっていう、あの？」

「そうだ。自殺は偽装だった。岩佐は生きている」

重松は説明を続けた。

「自殺だけじゃない。薬物の横流しもでっち上げで、岩佐は無実だったんだ。あいつは嵌められた」

「なんで、また」

「岩佐の妹は教師だったんだが、担当していた生徒たちに強姦された。それが原因で退職し、自殺してる。主犯格の高校生の身内には警察関係者がいて、事件をもみ消そうとしたんだが、そのためには岩佐の存在が邪魔だった、ってわけだ」

もしかして、と榎田からの情報が馬場の頭を過った。

自殺した教師は一年三組のクラスを担当していた。行方不明になっている生徒と今日学校で撃たれた生徒、それから少年Aは、全員がその一年三組だった——榎田はそんなことを言っていた。

「つまり、その岩佐って人は、元一年三組の生徒に復讐しとるってこと？」

馬場の言葉に、重松が眉根を寄せる。「一年三組？　お前、なんでそんなこと知ってるんだ」

「榎田くんに聞いた」

「……あいつは何でも知ってるな」

重松は苦笑を浮かべた。

「岩佐はもう五人も殺してる。次の狙いは主犯格の少年と、その叔父の警察官だ」

馬場は頭の中で情報を整理した。復讐屋の標的である少年Aこと高橋。彼が自殺に追い込んだ教師が、重松の同期である岩佐の妹。岩佐は高橋の命を狙っている。高橋はそれを知り、自宅の警備を固めて籠城している。――そんなところか。頑なに家から出てこなかった理由がこれではっきりした。

信号が赤に変わる。車を停止してから、

「それで、俺はどうすればいい？」

馬場は重松の顔を見た。にわか侍を雇ったということは、暗殺してほしい人物がいるということだ。

重松はナビの地図を指差す。「これから向かう倉庫に、岩佐がいるはずだ。奴はここを隠れ家にしている」

まさか、岩佐を殺しに行くというのだろうか。

馬場が目を丸めると、重松は首を振った。「岩佐にこれ以上、人を殺させないために行くんだ。おそらく、東海林という刑事がここに来るはずだ。岩佐に濡れ衣を着せた張本人で、例の高校生の叔父だ」

「東海林の方は、岩佐を殺すつもりなんやね」

「ああ。あいつは乃万組と繋がってる。ヤクザの殺し屋を連れてくるだろう。ひとりか……いや、二人はいるかもしれない。お前は外で待機して、そいつらが倉庫の中に入ってきたら、殺ってくれ。死体の処理は、佐伯先生に依頼してある」

「東海林はどうする？」

「生け捕りにして、連れて帰るつもりだ。トランクの中にロープとガムテープが入ってる」

重松からは二人分の報酬を前払いで受け取っている。「了解」と答え、馬場は車を発進させた。

目的地が近付いてきた。倉庫が見える。その前に、車が一台停まっている。白いバン。「岩佐の車だ」と重松が呟いた。

隣に車を停める。重松は倉庫の中へ入った。馬場は物陰に身を隠し、指示通りに建物の外で待機した。

しばらくすると、動きがあった。重松の読みは当たったようで、背広姿の男が銃を手に現れた。あれが東海林だろう。四人の男を連れている。馬場は見つからないよう息を潜めた。

直後、銃声が聞こえた。

建物の正面に回り込み、シャッターの隙間から中を覗き込む。東海林を含む五人の男が、重松たちに銃を向けているところだった。

刀に手を伸ばしながら、馬場はしずかに忍び寄った。まずはひとり。後方にいた男の口を背後から塞ぎ、脇差で喉を掻き切る。

血が噴き出し、口をぱくぱくと開けて喘ぐ男の体を床に放り捨ててから、すぐ隣の男に向かって脇差を投げつける。男の首を刀が貫通する――と同時に、馬場は他の連中との距離を詰めた。

あと二人。

片方の男が拳銃の引き金を引く。――が、それよりもこちらの動きが早かった。馬場は銃弾を躱し、男の腕を叩き切った。拳銃ごと手首が地面に落ち、切断面から血が噴き出す。男の絶叫が倉庫に響き渡る。

残すはひとり。

最後の男が叫びながら引き金を引く。馬場はとっさに、手首から先を失った男の体を盾にした。仲間の銃弾に撃たれ、男が絶命する。

馬場はその体を敵に向かって蹴り飛ばした。もたれ掛かってくる仲間の死体に男が気を取られている隙に、背後に回り込む。背中から心臓を貫く。

東海林がこちらを見て、目を見開いた。

「その面は、まさか——」

東海林は銃を構え、発砲しようとした。馬場はすばやく右側へ身を翻し、銃弾を躱した。それと同時に、納刀する。

日本刀を鞘ごと腰から引き抜き、両手で握り直す。標的へと詰め寄り、強く踏み込んだ。フルスイングで東海林の頭を殴りつける。芯で捉えた感触があった。東海林の体が頽れる。

五人全員を片付けたところで、馬場は重松に声をかけた。「大丈夫？」

「ああ、俺は大丈夫だ」

「こいつ、車に運んどくね」

「頼む」

馬場は気絶している東海林を抱え上げ、倉庫の外に出た。ロープとガムテープで拘束し、車のトランクの中に放り込む。

東海林のスーツの上着のポケットを漁ると、携帯端末を見つけた。メッセージの通知がある。

東海林の指を使って生体認証を解除し、端末を開く。馬場は送られてきたメッセージを読んだ。やり取りの相手は、彼の甥のようだった。

甥ということは、少年Aこと高橋である。

——どうなった？

——岩佐殺した？

——もう外出ていい？

そんな言葉が続いている。

馬場は端末を操作した。文章を打ち込んでいく。

——岩佐は死んだ。

——もう心配ない。

——出かけていいぞ。

すぐに『既読』の文字が表示された。高橋がメッセージを読んだようだ。これで家の中から出てくるだろう。

「あとは頼んだばい、リンちゃん」

馬場は口角を上げ、トランクの扉を閉めた。

「岩佐、大丈夫か」

馬場が東海林を抱えて車へ向かったところで、重松は声をかけた。岩佐は自分を庇って撃たれた。幸い傷は浅いようで、重松はほっとした。

「待ってろ、すぐに救急車を」

懐から携帯端末を取り出すと、「いい、呼ぶな。呼ばなくていい」と、岩佐は制止した。

「とりあえず、止血しないと」

「平気だ」

岩佐は頑なに断った。その顔には、諦めのような笑みが浮かんでいる。

「動画のデータは、南城さんに預けてある」

「南城？　南城警備保障の社長か？」嫌な予感がする。重松は眉をひそめた。「ちょっと待て、どうしてそんな話を、俺に……」

岩佐はゆっくりと立ち上がった。腹を押さえ、ふらつきながら移動する。

「お前、なにをする気だ」

返事はない。

「岩佐」

重松は名前を呼んだ。

黙り込んだまま、岩佐はゆっくりと後退った。彼の足元には死体が転がっている。

その中のひとつ——切り落とされたヤクザの手首から、岩佐は拳銃を抜き取った。

彼が今からなにをする気でいるのか、重松は察してしまった。

「やめろ」

声が震える。

「頼むから、やめてくれ」

重松の懇願は届かなかった。岩佐の決意は揺るがない。

銃口を自身の顎の下に当て、旧友が微笑む。

「重松」

引き金に指をかけた。

「お前は、俺みたいになるなよ……真っ当な刑事でいてくれ」

岩佐、と叫んだ重松の声は、一発の銃声にかき消された。

延長10回表

岩佐が死んだ。

いい気分だった。

馬鹿な奴だと思う。俺の命を狙うなんて。なにが岩佐唯子の復讐だ。結局、返り討ちに遭ってやがる。いい気味だ。

自分は生き残った。この世界は、金とコネをもっている者が勝つ。マツイとオオタには、それがなかった。そういう家庭のもとに生まれた。運が悪かった。ただそれだけのことだ。

これで自由だ。びくびくと怯えながら身を隠す日々は終わった。タカハシは意気揚々と家を出た。

友人に連絡すると、今は駅前のカラオケ店で遊んでいるという返事がきた。酒もドラッグも用意してあるという。タカハシは彼らと合流することにした。今夜はお祝いだ。夜通し遊び回り、羽目を外して楽しもう。

携帯端末を弄りながら最寄りの駅に向かって歩いていく。足取りがいつも以上に軽かった。

細い路地にさしかかったところで、

「——よう」

と、声をかけられた。

タカハシは足を止めた。

端末から顔を上げると、目の前に知らない女が立っていた。街灯に照らされたその姿を、タカハシはじっと睨みつけた。

……誰だ、こいつ。

若い女だ。歳は自分と同じくらいか。

「こんな時間に、どこ行くんだ？」

女が尋ねた。やけに声が低いし、態度がでかい。気に喰わなかった。どうにかしてやろうかと思ったが、今はこんな奴に構ってる暇はない。早く行かないと、酒も薬もなくなってしまう。

歩き出そうとした瞬間、再び女が口を開いた。

「もう出歩いても大丈夫なのか？」

——今、なんて言った？

引っかかる言葉だった。まるでこちらの事情を知っているかのような口ぶりに気味の悪さを感じる。

それでも、タカハシは聞き流した。変な奴に構っている暇はない。今は酒とドラッグのことしか頭になかった。

するとし、女が行く手を阻んだ。

「どけよ」

さすがにここまでされると無視するわけにはいかなかった。タカハシは低い声で命じた。

「やだね」

女はニヤニヤと笑っている。言うことを聞く気はないらしい。タカハシは苛立ちながら告げる。「……俺が誰かわかってんのか」

「少年Aだろ」

女が言った。

「担任教師をレイプして、脅したんだって？」

タカハシは目を大きく見開いた。

──こいつ、どうしてそのことを。

「その復讐で命を狙われて、ビビって家の中に隠れてたんだろ？　警察官の親戚に泣きついて、警備員まで手配してもらってさ。ダセえよなぁ、お前」

……ダセえ、だと？

タカハシは強い憤りを覚えた。何なんだ、この女。生意気なこと言いやがって。ブッ殺してやろうか。

「……お前まさか、岩佐の仲間か？」

岩佐は死んだ。叔父が始末した。俺を狙う奴はもういないはず。なのに、こいつは俺のことを知っている。もしかしたら岩佐の協力者なのかもしれない。叔父に始末されることを見越して、人を雇っていたのか。

だが、相手はか弱そうな女ひとり。自分を襲えるとは思えない。そのときは逆に襲ってやる。ブチ犯してやる。

すると、

「岩佐？　違うね」

と、女は否定した。

「わかったぞ。お前、記者だろ。俺のこと、記事にするつもりだな」

タカハシは声を張りあげた。そうに違いない。記者だから、俺のことをいろいろと知ってやがるんだ。こういう記者は前にもよくいた。取材させてほしいと頼まれたことだって、何度もあった。当然、全員断ったが。

それにしても、気に喰わない女だ。ただの記者が偉そうにしやがって。こいつは俺を怒らせやがった。絶対に許さない。もし今更過去の事件を掘り返しやがったら、とことん追い詰めてやる。あの女と同じように。

「俺は、警察にコネがあるんだ！　俺のこと書きやがったら、うちのジジイが黙ってねえぞ！　お前を捕まえて、死刑にしてやるからな！」

「ギャーギャーうるせえなあ」

女は一蹴した。一歩ずつ、ゆっくりと、タカハシに近付いてくる。

「言っとくが、死刑になるのはお前の方だぜ」

次の瞬間、胸元に強い衝撃を覚えた。女の拳に鳩尾（みぞおち）を突かれ、タカハシは意識を手放した。

延長10回裏

一発の銃声が鳴り響く。

職業柄、発砲音は聞き慣れていた。自分で銃を撃ったこともあるし、犯人に撃たれたことだってある。

それでも、その一発は、今まで聞いたどの銃声よりも、重い音がした。

血が飛散し、岩佐の体がゆっくりと倒れていく。

冷たいコンクリートの上に転がり、微動だにしない旧友を、重松は呆然と見つめるしかなかった。

「岩佐……」

返事がないとわかっていても、声をかけずにはいられなかった。

こうなることは、心のどこかでわかっていたような気がする。

それなのに、止められなかった。死なせてしまった。激しい無力感に苛まれ、重松はその場に両膝をついた。

――真っ当な刑事でいてくれ。

岩佐の最後の頼みが胸に染みる。重松は項垂れた。

「……馬鹿、もう遅いよ」

呟き、自嘲を浮かべた。

重松さん、と自分の名前を呼ぶ声がする。銃声を聞きつけ、馬場が血相を変えて飛び込んできた。絶命した岩佐を見つけ、馬場は言葉を失っている。

「結局、助けられなかった」

か細い声で告げると、馬場は首を左右に振った。

「重松さんのせいやなか」

「……ああ、わかってる」

仮にここで自殺を止められたとしても、岩佐は留置場の中で首を吊っていたかもしれない。それほど彼の決意は固かった。結局、岩佐を止めることは誰にもできなかったのだ。自分のせいで岩佐が死んだなんて考えは、思い上がりに過ぎない。

横たわる死体に近付き、重松はそっと手を伸ばした。

「俺にできるのは、こいつを弔うことくらいだ」

こんな場所には置いておけない。重松は冷たくなった体を抱え上げた。

ふらつく重松に、馬場が手を差し伸べる。二人がかりで死体を運び出し、セダンの後部座席に乗せた。

「――目が覚めたかしら?」

海水の入ったバケツを顔にぶちまけると、その少年はゆっくりと目を開けた。

箱崎埠頭――コンクリートの上に、手足を縛られた少年が横たわっている。その足には重りがつけてある。

置かれている状況を把握した少年Aこと高橋は取り乱し、喧しく喚き立てた。

「何なんだよ、お前ら! ふざけんなよ!」

びしょ濡れになった髪の毛を振り乱し、高橋が叫ぶ。

「さっきの女はどこだ! お前らもあいつの仲間か! どうせお前らも、岩佐に金もらってんだろ!」

「お黙り」

うるさい子どもだ。ジローは少年の顔を殴った。躾(しつけ)がなってないわね、とため息をつく。

「南城くんって覚えてる？　あなたの中学時代の同級生」

尋ねると、高橋はきょとんとしていた。その名前をすっかり忘れていたかのような表情を見せたが、彼はすぐに目を見開いた。「南城って……」

「思い出した？　あなたが彼にしたこと」

「なんで、今更、そんな……」

「あなた、友達と一緒に南城くんを海に投げ込んだそうね。南城くんは泳げなくて溺れていた。あなたはそれを笑いながら見てたんでしょう？　あのときすぐに人を呼んでいれば、彼は助かったかもしれないのに、あなたたちは彼を見捨てた」

「……お前ら、南城の親父に雇われたのか？」

ジローは答えなかった。高橋は言葉を続ける。

「なあ、いくらもらったんだ？　うちの祖父(じい)さんに頼んで、その倍払ってやる。だから、俺を見逃してくれよ」

「お馬鹿さんねえ」

少年を見下ろし、ジローは嗤う。

「あなたはすでに一度、チャンスをもらったでしょ？　名前を変えて引っ越して、人生をやり直すチャンスをもらっていた。それを台無しにしたのは、他でもないあなた自身よ」

　さすがに絶望を覚えたようだ。高橋は呆然とした表情になった。

「さあ、アタシたちと一緒に海水浴しましょ」

目の前には夜の海が広がっている。高橋は青ざめた。

「よっと」マルティネスが少年の体を軽々と持ち上げ、にやりと笑う。「楽に死ねると思うなよ」

　マルティネスが海に投げ込む。水飛沫を上げ、重りをつけられた少年の体が沈んでいく。しばらくして、高橋の体に結び付けたロープを強く引っ張った。海面から引き揚げると、少年は激しく咳き込み、海水を吐き出した。

　呼吸を整えている高橋に向かって、

「さて、第二ラウンドだ」

　マルティネスが告げる。少年の濡れた体を抱え上げた。

「ごめんなさい、ごめんなさい」高橋は泣き叫んでいる。「助けてください、もうしません、お願いします」

涙を流しながら訴える少年Aを見下ろし、ジローは冷ややかな声色で告げた。

「ごめんで済んだら、復讐屋はいらないのよ」

セダンの運転席に乗り込み、馬場はハンドルを握った。

助手席の重松はしずかだった。ずっと窓の外を見つめ、無言を貫いている。友人を失ったばかりの彼の胸中を慮(おもんぱか)ると、声をかけることも憚られた。馬場は運転に集中することにした。

しばらくして、

「……俺が払ったのは、二人分だったな」

ふと、思い出したように重松が口を開いた。

東海林が雇った刺客は四人だった。

「多めに殺させちまった」

「二人分はサービスばい」

馬場は微笑み、横目で重松を見た。目が合い、重松は薄く笑った。

赤信号になり、停車したところで、

「——馬場」

重松が低い声で名前を呼んだ。

「お前は、あんなことすんなよ」

重松がこちらを見た。真剣な表情を浮かべ、強い口調で告げる。

「なにがあっても、あんなことはするな。お前がもし警察に捕まって、死刑が見えてるとしても……自分で自分を裁くんじゃねえぞ」

岩佐は重松の前で自害した。彼は旧友が死ぬ瞬間を目撃したのだ。そのショックは計り知れない。

重松は、犯罪者である自分に岩佐の姿を重ねているのかもしれない。馬場は眉を下げ、「わかった」と答えた。

重松はそれ以上会話を続けられなかった。岩佐の死に様を思い出したのか、不意に顔を歪めた。

馬場から顔を背け、窓の外に視線を移す。

「お前の刑が執行されるまで、俺がしょっちゅう面会に行ってやるから」しばらく経ち、重松が震える声で告げた。「……だから、死なないでくれ」

前を向いたまま馬場は頷いた。それは自分ではなく、後部座席の旧友に向けられた言葉のように聞こえた。

ヒーローインタビュー

福岡市の郊外にある火葬場——ここを紹介してくれたのは、佐伯だった。家族経営らしいこぢんまりとした会社だが、どんな死体でも秘密裏に燃やしてくれる口の堅い業者だという佐伯のお墨付きは本当のようだった。顔に銃創が残る男の死体を持ち込んだ重松に、火葬場のスタッフは何の詮索もしなかった。それどころか、「佐伯先生のご紹介の方ですね。この度はご愁傷様でした」と愛想よく告げ、手際よく作業を進めていく。

岩佐の遺体が焼かれている間、重松は火葬場の外で待っていた。隣には南城警備保障の南城社長がいる。

「私が持っていたあのデータ、役に立ったようでなによりです」

という南城の言葉に、重松は頷いた。

「そうですね」

今や世間のニュースはその話題でもちきりだ。東海林が乃万組に薬物を横流ししていたこと、その罪を部下に着せたこと、さらには甥の犯罪をもみ消したこと。これまでの悪事すべてが露呈し、警察の内部も外部も大騒ぎだった。南城が守っていた強姦の証拠となる映像が、岩佐の復讐を果たす手伝いをしたのだ。

東海林の義父も一連の事件への関与が疑われ、逮捕された。甥の高橋望の死体はなぜか博多湾に浮いていた。水難事故とのことだった。岩佐が手を下すまでもなかったようだ。

「岩佐くんを嵌めた黒幕は、自殺したんですよね」

南城が尋ねた。一拍置いてから、「ええ」と重松は返した。

事件の顛末は、こうだ。

市内のコインパーキングに駐車していた車が炎上し、中から黒焦げの死体が発見された。警察の調べで、その車の所有者が東海林だと判明した。

さらに調べを進めていくと、職場のパソコンから東海林の遺書らしき文書が出てきた。そこには身内の強姦事件のもみ消しや証拠品の横領に自身が関与した事実が語られていた。謝罪の言葉が並ぶその文面は、警察庁と県警本部、マスコミ宛てに送信され、事件は完全に公になった。サイバー課が端末を解析したところ、すべての送信元は東海林の端末だったため、彼自身が自らの罪を懺悔するために各所に送ったものと判断された。

「罪が発覚した後のことを恐れて、焼身自殺を図ったようです」

そういうことになっている。表向きは。

だが、事実は違う。東海林の自殺は偽装されたものだ。知り合いの復讐屋が完璧な仕事をしてくれた。東海林のパソコンから遺書をばら撒いたのは、仲間のハッカーの仕業だ。

すべて、重松が仕組んだことだった。

自分という存在が善か悪かなんて、もはやどうでもいい。岩佐のような不幸な警官を生み出さないこと――それが、残された自分の使命だ。そのためには、なんだってやる。たとえ敵が、同じ警察組織の人間だとしても。

――俺は、俺の正義を貫くしかない。

「……焼身自殺、ですか」

南城が重松を見上げ、呟くように言った。含みのある言い方だった。まるで岩佐の死に様のようだと仄めかしている。

この男、もしかしたら気付いているのかもしれない。重松が、岩佐の復讐を引き継いだことに。

　だが、疑われたところで構わなかった。彼も共犯みたいなものだ。

「南城さんは知っていたんですね、岩佐が生きていたこと」

　尋ねると、南城は「ええ」と素直に認めた。

「彼からすべて聞いていました。彼の妹のことも、復讐の計画のことも。……私も息子を殺された身ですから、協力するしかありませんでした。彼の気持ちは、とてもよくわかるので」

「岩佐の犯行を知っていて、隠していたわけですね。俺が会社を訪ねたときも」

　重松が南城警備保障の事務所を訪れたあの日、南城は岩佐の死を「残念だ」と語った。岩佐が生きていることを知っていながら、彼を偲んでいた。

　たいした役者だな、と重松は感心した。

「あの後、岩佐くんから電話があったんです。重松という刑事が訪ねてくるかもしれないって言われました。すでに来たことを告げたら、彼に頼まれました。自分が死んだら、あのデータは重松に渡してくれ、って」

「なるほど、そういうことでしたか」

　岩佐は、ずっと自分のことを信用してくれていたのか。少しだけ救われたような気持ちになった。

「こういうのって、犯人隠避罪っていうんでしたっけ？」南城が首を傾げる。「私を逮捕しますか？」

そう言って、彼は重松の前に両手を差し出した。

重松は肩をすくめてみせた。

「今日、俺は非番です。手錠は持ってません」

重松の一言に、南城は目を細めた。

岩佐の弔いは南城が引き受けてくれるという。後のことは彼に任せ、重松は車に乗り込んだ。

エンジンをかけたところで、電話がかかってきた。畑中からだ。「おう、どうした？」

『どうした、じゃないですよ』

畑中の大きな声が鼓膜に響き、重松は顔をしかめた。

『重松さん、今どこにいるんですか』

「南区だ」

『南区？　なにやってるんですか、勤務中に。すぐに戻ってきてください』

後輩はご立腹だ。

「悪いな。課長に訊かれたら、適当に誤魔化しといてくれ」

『腹壊して、定食屋のトイレに閉じこもってる——って、伝えてあります』

「……もっとマシな言い訳なかったのかよ」

肩を落とす重松に、『そんなことより』と畑中が本題に入る。

『事件ですよ。通報がありました』

「殺しか？」

『いえ、コンビニ強盗です』

「犯人は？」

『レジの金を奪って、逃走中です』

「わかった、すぐ戻る」

電話を切り、シートベルトを締める。

「……さて、悪い奴を捕まえに行くか」

ひとつ呟き、重松はアクセルを踏み込んだ。

GAME SET

あとがき

今年もこうして無事に新刊を出せたことをとても嬉しく思っております。いつも作品を応援してくださる読者さまのおかげです。今回の新作もお手に取っていただき誠にありがとうございました。

さてさて、9巻、10巻とコミカルでポジティブな話が続きましたので、久しぶりに暗めの話でも書こうかなと思いながら取り掛かった今回のお話なのですが、これがなかなか大変でした。当たり前かもしれませんが、やっぱり楽しい話の方が書いていて楽しいですよね（笑）。楽しいことばかり考えて生きていきたいし、読者さまにも楽しい気持ちになってもらいたいのですが、本シリーズにおいて自分に課しているルールの一つが「毎回テイストを変える」だったことを思い出しまして、楽しさばかりに逃げてちゃいかんなと反省しながら執筆いたしました。

いつか重松を主軸にしたストーリーを書くことになったときは、ちょっと昔の刑事ドラマっぽいテイストで、哀愁漂う、思いっきり男臭い話にしたいなと前々から考えておりました。実力不足で理想通りにはいかない部分も多々ありますが、重松らしい物語にはなったんじゃないかと思っております。少しでも楽しんでいただけましたら嬉しいです。


そして最後に、お知らせです。

なんと、この『博多豚骨ラーメンズ』シリーズのスピンオフ作品が刊行されることになりました。内容はまだ詳しくお話しできませんが、『博多豚骨ラーメンズ』よりもちょっとだけ未来の世界が舞台になります。

物語の主人公は、まさかの意外なあの人です。

読者さまにとって、これはかなり意外な人物なんじゃないでしょうか。まさかこの人の話を書くことになるとは……私自身も驚いております。

ということで、いったい誰が主役なのか予想しつつ、続報をお待ちいただけますと幸いです。本編でお馴染みの彼も活躍します。是非是非お楽しみに。

木崎ちあき

<初出>

本書は書き下ろしです。

この物語はフィクションです。実在の人物・団体等とは一切関係ありません。

メディアワークス文庫

博多豚骨ラーメンズ11

木崎ちあき

2022年2月25日　初版発行
2024年10月30日　再版発行

発行者　山下直久
発行　株式会社KADOKAWA
〒102-8177　東京都千代田区富士見2-13-3
0570-002-301（ナビダイヤル）
装丁者　渡辺宏一（有限会社ニイナナニイゴオ）
印刷　株式会社KADOKAWA
製本　株式会社KADOKAWA

●お問い合わせ
https://www.kadokawa.co.jp/（「お問い合わせ」へお進みください）
※内容によっては、お答えできない場合があります。
※サポートは日本国内のみとさせていただきます。
※Japanese text only

※定価はカバーに表示してあります。

Printed in Japan
ISBN978-4-04-914235-8 C0193

メディアワークス文庫　https://mwbunko.com/

本書に対するご意見、ご感想をお寄せください。

あて先
〒102-8177　東京都千代田区富士見2-13-3
メディアワークス文庫編集部
「木崎ちあき先生」係